BOITEMPO II:
ESQUECER PARA LEMBRAR

**BOITEMPO II:
ESQUECER PARA LEMBRAR**

CARLOS DRUMMOND DE ANDRADE

POSFÁCIO DE
HELOISA MURGEL STARLING

nova edição

EDITORA RECORD
RIO DE JANEIRO • SÃO PAULO
2023

CONSELHO EDITORIAL
Afonso Borges, Edmílson Caminha,
Livia Vianna, Luis Mauricio Graña Drummond,
Pedro Augusto Graña Drummond,
Roberta Machado, Rodrigo Lacerda
e Sônia Machado Jardim

PROJETO GRÁFICO DE CAPA E MIOLO
Leonardo Iaccarino

FIXAÇÃO DE TEXTO E BIBLIOGRAFIAS
Alexei Bueno

CRONOLOGIA
José Domingos de Brito (criação)
Marcella Ramos (checagem)

IMAGEM DE CAPA
1932. Arquivo Carlos Drummond de Andrade /
Fundação Casa de Rui Barbosa

AUTOCARICATURA (LOMBADA)
Carlos Drummond de Andrade, 1961

FOTO DRUMMOND (ORELHA)
1978. Acervo da família Drummond

CIP-BRASIL. CATALOGAÇÃO NA PUBLICAÇÃO
SINDICATO NACIONAL DOS EDITORES DE LIVROS, RJ

A566b
8. ed.

Andrade, Carlos Drummond de, 1902-1987
   Boitempo II : esquecer para lembrar / Carlos Drummond de Andrade. - 8. ed. - Rio de Janeiro : Record, 2023.

   Inclui bibliografia
   ISBN 978-65-5587-659-8

   1. Poesia brasileira. I. Título.

22-81101

CDD: 869.1
CDU: 82-1(81)

Meri Gleice Rodrigues de Souza - Bibliotecária - CRB-7/6439

Carlos Drummond de Andrade © Graña Drummond
www.carlosdrummond.com.br

Todos os direitos reservados. Proibida a reprodução, armazenamento ou transmissão de partes deste livro, através de quaisquer meios, sem prévia autorização por escrito.

Texto revisado segundo o Acordo Ortográfico da Língua Portuguesa de 1990.

Direitos exclusivos desta edição reservados pela
EDITORA RECORD LTDA.
Rua Argentina, 171 – Rio de Janeiro, RJ – 20921-380 – Tel.: (21) 2585-2000.

Impresso no Brasil

ISBN 978-65-5587-659-8

Seja um leitor preferencial Record.
Cadastre-se em www.record.com.br e receba informações
sobre nossos lançamentos e nossas promoções.

Atendimento e venda direta ao leitor:
sac@record.com.br

EDITORA AFILIADA

SUMÁRIO

REPERTÓRIO URBANO

15 Pedra natal
16 Paredão
17 Censo industrial
20 Forja
21 Ferreiro
22 Império mineiro
24 O relógio
25 Sino
27 Pintura de forro
28 Os gloriosos
29 Procissão do encontro
30 Opa
31 Cemitério do Cruzeiro
32 Cemitério do Rosário
33 Câmara Municipal
34 Curral do conselho
36 Deveres
37 Proibições
38 Portão
39 Terapia ocupacional
40 Os assassinos
41 Caçada
42 Correio
44 Imprensa

45	Água-cor
46	Rancho
47	O dia surge da água
48	A rua em mim
49	Banho
50	Paisagem descrita em jornal de 1910
51	O negócio bem sortido
53	Turcos
55	Tempo ao sol
56	Chegar à janela
57	O andar
58	Serenata
59	Sina
60	Vida vidinha
61	Primeiro automóvel
62	A montanha pulverizada
63	O resto
64	Conclusão
65	Ordem
66	Telegrama
68	Cortesia
69	Visita à casa de Tatá
70	Imperador
71	Primeiro poeta
72	Cultura francesa
73	A Alfredo Duval
74	Orgulho
75	Realidade
76	Hortênsia
77	Flora mágica noturna
78	Coqueiro de Batistinha
81	Ei, Bexiga!
83	O doutor ausente

85	Primeira eleição
87	*Suum cuique tribuere*
88	Doido
89	Velhaco
90	O inglês da mina
91	Mrs. Cawley
92	A separação das casas
96	O melhor dos tempos
98	Poder do perfume
100	Tantas fábricas
101	O original e a cópia
103	Os charadistas
104	Os velhos
106	Arcebispo
107	São Jorge na penumbra
109	O bom marido
110	Morte de noivo
111	A moça ferrada
112	Noticiário vivo
113	Abrãozinho
114	Aniversário de João Pupini
118	História trágica
120	Saber incompleto
121	Resistência
122	Estigmas
123	Oração da tarde
124	A condenada
126	Gosto de terra
127	O visitante inábil

PRIMEIRO COLÉGIO

131	Fim da casa paterna
135	Ombro

136 Mestre
137 Aula de português
138 Aula de francês
139 Aula de alemão
140 Figuras
141 Craque
142 A norma e o domingo
144 Programa
145 Ruas
146 Parque municipal
148 Apontamentos
150 Livraria Alves

FRIA FRIBURGO

153 Primeiro dia
154 Segundo dia
155 Terceiro dia
157 Lição de poupança
158 O doce
159 Começar bem o dia
161 A decadência do Ocidente
162 Estreia literária
164 O rato sem rabo
165 Cobrinha
166 Pavão
167 A lebre
168 Marcas de gado na alma
169 Lorena
170 A banda guerreira
171 Orquestra colegial
172 Artistas adolescentes
173 Sessão de cinema

174 Verso proibido
175 Recusa
176 Inventor
177 O som da sineta
178 Enigma
179 Somem canivetes
180 Caxerenguengue
181 Passeio geral
184 Postos de honra
185 Campeonato de pião
186 Dormitório
189 Direito de fumar
191 Punição
192 Arte fulminada
193 Sacrifício
194 Esplendor e declínio da rapadura
195 Fórmula de saudação
196 Discursos
198 Retiro espiritual
200 O colegial e a cidade
203 Certificados escolares
205 Adeus ao colégio

MOCIDADE SOLTA

211 A casa sem raiz
214 O pequeno cofre de ferro
215 Resultado
216 Engate
217 Dormir na Floresta
221 Dois fantasmas
224 Ninfas
225 Bar

226	Hino ao bonde
229	A hora final
230	Vigília
231	Presépio mecânico do Pipiripau
232	O não-dançarino
233	Doidinhos
235	A difícil escolha
236	O grande filme
238	O lado de fora
240	Orquestra
241	Rebelião
243	O fim das coisas
244	Depravação de gosto
245	Parceiro de Bach
246	O artista
247	Graça feminina
248	As letras em jantar
250	Jornal falado no salão Vivacqua
252	A tentação de comprar
253	Três no café
255	Encontro
256	Oposição sistemática
257	Profissão: enterrado vivo
259	A visita do rei
265	O passado presente
266	Plataforma política
269	Ode ao Partido Republicano Mineiro
271	Confeitaria suíça
272	A paraquedista
273	As moças da escola de aperfeiçoamento
277	Mulher eleitora
279	Carnaval e moças
282	Dificuldades de namoro

284 Praça da Liberdade sem amor
287 A ilha
289 Vitória
291 Estes crepúsculos
292 Parabéns
293 Companheiro
295 A consciência suja
300 Dia de flor
301 Final de história
303 O senhor diretor
304 Redator de plantão
306 Verbo e verba
308 O Príncipe dos Poetas
310 A língua e o fato

APÊNDICE

313 Espetáculo
314 Música protegida
315 Morto vivendo

317 Posfácio, *por Heloisa Murgel Starling*
329 Cronologia: Na época do lançamento (1970-1976)
345 Bibliografia de Carlos Drummond de Andrade
353 Bibliografia sobre Carlos Drummond de Andrade (seleta)
363 Índice de primeiros versos

REPERTÓRIO URBANO

PEDRA NATAL

ita
pedra luzente
pedra empinada
pedra pontuda
pedra falante
pedra pesante
por toda a vida

bira
candeia seca
sono em decúbito
tempo e desgaste
sem confidência
paina de ferro
viva vivida

pedra
mais nada

PAREDÃO

Uma cidade toda paredão.
Paredão em volta das casas.
Em volta, paredão, das almas.
O paredão dos precipícios.
O paredão familial.

Ruas feitas de paredão.
O paredão é a própria rua,
onde passar ou não passar
é a mesma forma de prisão.

Paredão de umidade e sombra,
sem uma fresta para a vida.
A canivete perfurá-lo,
a unha, a dente, a bofetão?
Se do outro lado existe apenas
outro, mais outro, paredão?

CENSO INDUSTRIAL

Que fabricas tu?
Fabrico chapéu
feito de indaiá.
Que fabricas tu?
Queijo, requeijão.
Que fabricas tu?
Faço pão de queijo.
Que fabricas tu?
Bolo de feijão.
Que fabricas tu?
Geleia da branca
e também da preta.
Que fabricas tu?
Curtidor de couro.
Que fabricas tu?
Fabrico selim,
fabrico silhão
só de sola d'anta.
Que fabricas tu?
Eu faço cabresto,
barbicacho e loro.
Que fabricas tu?
Toco uma olaria.
Que fabricas tu?
Santinho de barro.
Que fabricas tu?

Fabrico melado.
Que fabricas tu?
Eu faço garapa.
Que fabricas tu?
Fabrico restilo.
Que fabricas tu?
Sou da rapadura.
Que fabricas tu?
Fabrico purgante.
Que fabricas tu?
Eu torro café.
Que fabricas tu?
Ferradura e cravo.
Que fabricas tu?
Panela de barro.
Que fabricas tu?
Eu fabrico lenha
furtada no pasto.
Que fabricas tu?
Gaiola de arame.
Que fabricas tu?
Fabrico mundéu.
Que fabricas tu?
Bola envenenada
de matar cachorro.
Que fabricas tu?
Faço pau de fogo.
Que fabricas tu?
Facão e punhal
de sangrar capado.
Que fabricas tu?
Caixão de defunto.
Que fabricas tu?

Fabrico defunto
na dobra do morro.
Que fabricas tu?
Não fabrico. Assisto
às fabricações.

FORJA

E viva o Governo: deu
dinheiro para montar
a forja.
Que faz a forja? Espingardas
e vende para o governo.
Os soldados de espingarda
foram prender criminoso
foram fazer eleição
foram caçar passarinho
foram dar tiros a esmo
e viva o governo e viva
nossa indústria matadeira.

FERREIRO

Filho do ferro e da fagulha
fulgurando na forja formidável
o seu fole afrouxou e sua força
em face do fiscal e da folhinha
de papel.

IMPÉRIO MINEIRO

Vêm da "corte", vêm "de baixo"
as casimiras mais finas
as sedas mais celestinas
as requintadas botinas
de primeira comunhão
as porcelanas-da-china
os relógios musicais
os espelhos venezianos
os lustres, os castiçais
as banheiras esmaltadas
as delícias enlatadas
os biscoitos coloridos
as esdrúxulas bebidas
de rótulos ilegíveis
chocolates divinais
quadriláteros de doce
cristalizado irisado
vêm revistas e jornais
os rondós parnasianos
as orações magistrais
do senador Rui Barbosa
vêm mulheres fulminantes
em reluzentes postais
com vestidos transparentes
muito acima do soalho
e do sonho dos meninos

vêm cometas e vêm mágicas
de berliques e berloques
vêm senhores de bigode
lourenço, fala de estranja,
fazendo chover na serra
o chuvisco de dinheiro
em troca apenas de terra
já farta de dar feijão
vem "de baixo", vem do Rio
toda a civilização
destinada especialmente
a nossa vila e parentes
e nossa mor importância.
Bem que o Rio é nosso escravo.
Somos senhores do mundo
por via de importação.

O RELÓGIO

Nenhum igual àquele.

A hora no bolso do colete é furtiva,
a hora na parede da sala é calma,
a hora na incidência da luz é silenciosa.

Mas a hora no relógio da Matriz é grave
como a consciência.

E repete. Repete.

Impossível dormir, se não a escuto.
Ficar acordado, sem sua batida.
Existir, se ela emudece.

Cada hora é fixada no ar, na alma,
continua sonhando na surdez.
Onde não há mais ninguém, ela chega e avisa
varando o pedregal da noite.

Som para ser ouvido no longilonge
do tempo da vida.

Imenso
no pulso
este relógio vai comigo.

SINO

O sino Elias não soa
por qualquer um
mas quando soa, reboa
como nenhum.
Com seu nome de profeta,
sua voz de eternidade,
o sino Elias transmite
as grandes falas de Deus
ao povo desta cidade,
as faltas que os outros sinos
nem sonham interpretar.
Coitados, de tão mofinos,
quando soa a voz de Elias,
têm ordem de se calar.

Têm ordem de se calar,
e toda a cidade, muda,
é som profundo no ar,
um som que liga o passado
ao futuro, ao mais que o tempo,
e no entardecer escuro
abre um clarão.
Já não somos prisioneiros
de um emprego, de uma região.
Precipitadas no espaço,
ao sopro do sino Elias,

nossa vida, nossa morte,
nossa raiz mais trançada,
nossa poeira mais fina,
esperança descarnada,
se dispersam no universo.

Chega, Elias, é demais.

PINTURA DE FORRO

Olha o dragão na igreja do Rosário.
Amarelo dragão envolto em chamas.
Não perturba os ofícios.
Deixa-se queimar, maçã na boca,
olhos no alto:
olha a Virgem
entregando o rosário ao frade negro
na igreja dos negros.

Dragão dividido
entre a sensualidade da maçã
e a honra inefável concedida
ao negro que ele não pôde devorar.

OS GLORIOSOS

O chão da sacristia é forrado de campas,
domicílio perpétuo dos Antigos,
pois assim deve ser: volta dos filhos
da Santa Madre à Matriz do batismo,
para serem pisados como pó
e lembrados como reis.

PROCISSÃO DO ENCONTRO

Lá vai a procissão da igreja do Rosário.
Lá vem a procissão da igreja da Saúde.
O encontro é em frente à casa de João Rosa.
Encontro de Mãe e Filho
trágicos, imóveis nos andores.
Ao ar livre
o púlpito de púrpura drapeja
no entardecer da serra fria.
A voz censura ternamente o Homem
que se deixa imolar por muito amor
e do amor materno se desprende.
Não há nada a fazer para impedi-lo?
A terra abre mão de seu resgate
para salvar o Deus que quis salvá-la.
O ferro da cidade se comove,
não o peito de Cristo.
E o roxo manto, as lágrimas de sangue,
a cruz, as sete espadas
vão navegando sobre ombros
pela rua-teatro,* lentamente.

---

* O uso do hífen por Carlos Drummond de Andrade em *Boitempo I* e *II* é explicitamente expressivo, afastando-se inumeráveis vezes das ortografias vigentes (1943 e 1971) no momento da composição dos poemas, e de forma drástica. Tendo isto em conta, a fixação do texto foi extremamente conservadora em relação a tal uso, só se afastando daquele escolhido pelo poeta nos momentos em que não poderia haver a mais leve possibilidade de ele conter algum valor expressivo. [*N. do E.*]

OPA

Sangue da Irmandade do Santíssimo,
a opa vermelha triunfal
e dolorosa
irrompe na manhã de algodão frio:
primeira composição
de céu e terra
labareda e paz
bandeja
pedindo um níquel de fé
que se converte em velas ardendo
na cripta sombria,
procissão, cantar de Deus, rubro desfile
de gloriosas culpas em coral.

CEMITÉRIO DO CRUZEIRO

O sol incandesce
mármores rachados.
Entre letras a luz penetra
nossa misturada essência corporal,
atravessando-a.
O ser banha o não-ser; a terra é.
Ouvimos o galo do cruzeiro
nitidamente
cantar a ressurreição.
Não atendemos à chamada.

CEMITÉRIO DO ROSÁRIO

À beira do córrego, à beira do ouro,
à beira da história,
à beira da beira, os mais esquecidos
inominados
de todos os mortos antigos
dissolvem a ideia de morte
em ausência deliciosa,
lembrança de vinho
em garrafão translúcido.

CÂMARA MUNICIPAL

Aqui se fazem leis
aqui se fazem tramas
aqui se fazem discursos
aqui se cobra imposto
aqui se paga multa
aqui se julgam réus
aqui se guardam presos
ensardinhados em cubículos.
Os presos fazem gaiolas
para que também os pássaros fiquem presos
dentro e fora dos cubículos
musicalando a vida.

CURRAL DO CONSELHO

Aqui se recolhem
os animais vagantes
em ruas estradas logradouros públicos
e os de qualquer natureza
encontrados em plantações
pastos
alheias terras
com ou sem dono conhecido.

(Anexo-dependência do Matadouro.)

Aqui se reúnem
a um passo, a uma parede,
a uma cerca baixa
da morte
os bichos errantes.
E formam nova sociedade.
A sociedade do depósito.

Aqui se espera
uma sorte qualquer
ou nenhuma.
Se passam para o outro lado
e são abatidos?
Se apodrecem aqui mesmo
ou fogem?

Quem virá buscá-los e para quê,
a burros velhos que não valem
o capim-gordura e o milho prêmios,
e a cachorros cegos de lazeira
desaprendidos de latir?

Aqui o Hotel do Fim, ao lado
o Matadouro, meta de ouro.

DEVERES

Cidadão, tome nota dos deveres:
Capinar e varrer toda semana
a testada de sua residência
até o meio da rua
e se não o fizer, pague a capina
e multa de um mil-réis cada semana.

Se mora a beira-rio, é responsável
por duzentas braças de limpeza
de sua cristalina correnteza (multa,
vinte mil).

Sua caixa de lixo, há de cobri-la
com camada de cal se houver mau cheiro
e depois de vazia, lave a caixa,
cidadão, lave a caixa bem lavada.

No seu quintal apare os ramos
das mangueiras que exorbitam para a rua
prejudicando o trânsito nenhum.
E se há erva-de-passarinho nos seus galhos,
ou acabe com ela ou pague multa
de cem mil-réis, eu disse cem mil-réis.

PROIBIÇÕES

Não galope sem razão
nem faça galopar animais soltos
no calmo perímetro urbano.
Não faça, oh não faça
gritaria a desoras
salvo por motivo justificado.
Não invente batuque ou cateretê
que infernize o sono do vizinho.
Não cante ou reze alto, noite alta,
ao velar seu defunto.
Não escale muro de cemitério.
Não suba nas árvores das aleias e nos monumentos
funerários.
Não lave nem estenda roupa branca
entre os túmulos.

PORTÃO

O portão fica bocejando, aberto
para os alunos retardatários.
Não há pressa em viver
nem nas ladeiras duras de subir,
quanto mais para estudar a insípida cartilha.
Mas se o pai do menino é da oposição
à ilustríssima autoridade municipal,
prima da eminentíssima autoridade provincial,
prima por sua vez da sacratíssima
autoridade nacional,
ah isso não: o vagabundo
ficará mofando lá fora
e leva no boletim uma galáxia de zeros.

A gente aprende muito no portão
fechado.

TERAPIA OCUPACIONAL

A enxovia
fascina
a peneira
colorida
a gaiola
de taquara
o boneco
de engonço
o riso
dos presos
o embaixo
da vida.
A enxovia
dando para o ar livre
casamento de luz e miséria
imanta o menino
a voz do assassino
é um curió suave
propondo a venda
de um girassol de trapo.

OS ASSASSINOS

Os assassinos vêm de longe.
Vêm do Onça, do Periquito, das Bateias,
da serra do Alves.
Sangue seco nos dedos, olhar duro,
na roupa o crime escrito.
Os assassinos alçam a foice
na curva da estrada. A gameleira
conta o que viu e foi um brilho desabando
na entranha do inimigo.
Estavam destinados a matar.
Mamaram leite turvo.
Na escola eram diferentes.
As namoradas estranhavam
seus beijos sem doçura.
A terra decidiu que matassem.
Cumpriram, sem discutir.

Júri mais concorrido do que missa.

CAÇADA

Nada acontece
na cidade. O último crime
foi cometido no tempo dos bisavós.
Ninguém foge de casa, ninguém trai.
Repetição de cores e casos, ó bolor
da vida longa, no chão pregada a oitenta pregos!
As pessoas se cumprimentam, se perguntam
sempre as mesmas coisas, esperando
lentas confirmações
milimetricamente conhecidas.
Ai, tão bem-educadas, as pessoas.
Que fazer, para não morrer de paz?

Cada morador limpa sua carabina,
convoca o perdigueiro, saem todos
a matar veado, capivara e paca.
Três dias a morte campeia
no mato violento.
Voltam os caçadores triunfantes,
assunto novo para três meses
e se fotografam entre bichos mortos
com inocência de heróis
regressando de Troia.

CORREIO

A grande hora da chegada
do Correio.
Ninguém te escreve, mas que importa?
Correio é belo de chegar.
Surge no alto da ladeira
a mula portadora de malas,
trazendo o mundo inteiro no jornal.
O Agente do Correio está a postos
com os filhos funcionários a seu lado.
É família postal há muitos anos
consagrada a esse ofício religioso.
As malas borradas de lama
com registrados e impressos
que a chuva penetrante amoleceu
abrem-se perante os destinatários
como flores de lona
vindas de muito longe.
Cada família ou firma tem sua caixa aberta
onde se deposita a correspondência
mas bom é recebê-la fresquinha das mãos
de Sô Fernando, que negaceia,
brinca de sonegar a carta urgente:
— Hoje não tem nada pra você.
— Mas eu vi, eu vi na sua mão.
— Engano seu. Quer um conselho?
Vai apanhar tiziu que está voando
lá fora.

Ver abrir a mala é coisa prima.
Traz as revistas de sábado
com três dias de viagem morro acima
abaixo acima, e o cheiro liso do papel
invadindo gravuras: Duque dança,
as barbas de Irineu bolem na brisa
do Senado, e na Rússia
o czar Nicolau tem o olhar vago
de quem vai ser fuzilado e ainda não sabe.

Tudo chega na hora
do Correio. A mula é mensageira
do Fato, e sabe
antes de nós toda a terrestre
aventura. Mal comeu
sua cota de milho, já prossegue
rumo do Itambé, levando o mundo.

IMPRENSA

Nossos jornais sorriem para a vida.
Trescalam doçura nos cabeçalhos:
A Primavera. O Jasmim.
Mas surgem humoristas no jardim:
O Tira-Prosa.
E pasquineiros violentíssimos:
O Raio.

O Raio irrompe antes da missa de domingo
por baixo de todas as portas.
E sidera. A manhã
ia ser de porcelana-rosa, ficou
paisagem de cacos
e dores revoltadas.

Onde estão Artur e Teófilo,
onde está Francisco Guilherme?
Estes fundaram a grande imprensa
na rua pequena.
The Times de Londres?
Le Temps de Paris?
O Tempo da vila pobre
onde só havia tempo, não havia notícias,
morreu de falta de assunto.

ÁGUA-COR

O país da cor é líquido e revela-se
na anilina dos vasos da farmácia.
Basta olhar, e flutuo sobre o verde
não verde-mata, o verde-além-do-verde.

E o azul é uma enseada na redoma.
Quisera nascer lá, estou nascendo.
Varo a laguna do ouro do amarelo.
A cor é o existente; o mais, falácia.

RANCHO

Carga
e cangalhas
dormem solidariamente com os tropeiros.

Homens arreios mercadorias
não se distinguem uns dos outros, confluídos
no bloco noturno sem estrelas:
viagem dormindo.

O DIA SURGE DA ÁGUA

O chafariz da Aurora
faz nascer o sol.
A água é toda ouro
desse nome louro.
O chafariz da Aurora,
na iridescência trêmula,
bem mais que um tesouro
é prisma sonoro,
campainha abafada
em tliz cliz de espuma,
aérea pancada
súbita
na pedra lisa,
frígida espadana,
tece musicalmente
a áurea nívea rósea
vestimenta do dia líquido.
Deixa fluir a aurora
sendo um tão pobre
chafariz do povo.

A RUA EM MIM

Rua do Areão, e vou submergindo
na pirâmide fofa ardente, areia
cobrindo olhos dedos pensamento e tudo.
Rua dos Monjolos, e me desfaço milho
pilado lancinante em água.
Rua do Cascalho, arrastam meus despojos
feridos sempremente. Rua Major Laje,
salvai, parente velho, este menino
desintegrado.
Rua do Matadouro, eu vi que sem remédio.
Rua Marginal, é sempre ao lado ao longe o amor.
Ao longe e sem passagem na Ladeira Estreita.
Rua Tiradentes, aprende e cala a boca.
Travessa da Fonte do Caixão, e tudo acaba?
Rua da Piedade, Rua da Esperança,
Rua da Água Santa, e ao úmido milagre
me purifico, e vida.

BANHO

Banheiro de meninos, a Água Santa
lava nossos pecados infantis
ou lembra que pecado não existe?
Água de duas fontes entrançadas,
uma aquece, outra esfria surdo anseio
de apalpar na laguna a perna, o seio
a forma irrevelada que buscamos
quando, antes de amar, confusamente
          amamos.

A tarde não cai na Água Santa.
Ela pousa na sombra da gameleira,
fica vendo meninos se banharem.

PAISAGEM DESCRITA EM JORNAL DE 1910

Aqui se elevam pedregulhos em cúmulos
ocultando avaramente o ouro.
Há flores roxas
de melastomas.
Os mirtos em touceira verde-escura
coalham-se de negras bagas.
Fetos arborescentes
radicados à cascalheira úmida
distendem semiperpendiculadas suas palmas
à semelhança de coqueiros.
De pequena gruta
jorra em cascata a água miraculosa
à sombra secular de um fícus.

O NEGÓCIO BEM SORTIDO

O perfeito negociante vende tudo.
Vende a seda mais fina de Lyon,
o áspero pano-da-fábrica da Pedreira,
a renda de Malines e a do Norte.
Todas as miudezas de armarinho.
Todos os gêneros do país.
Chapéus de sol e de cabeça.
Toda espécie de calçados,
inclusive o "Andarilho":
não produz calos nem os oprime,
sola impermeabilizada por processo novo,
dispensa graxas e pomadas.

À direita uma parede inteira
ostenta licores importados,
conservas inglesas, molhos raros
para os Messers da mina, altos clientes.
(Escondo por trás dessas riquezas
a barra de chocolate sonegada
ao olho distraído do patrão,
e de longe em longe, disfarçando,
mastigo este salário extraordinário.)

Ao fundo, em úmida sombra,
mantas de toucinho rosa-sal,
caixotes de milho, barricas de batatas,

51

sacos de feijão, ferragens rudes
(enxadas: curvo destino nacional).
É provação dominical, antes da missa,
(falta descobrir a semana inglesa)
tropeçar os dedos na massa trêmula do porco,
recortar a facão
e pesar cinco quilos de gordura.

Por que escolheste vida de caixeiro,
vida-de-cachorro, o trocadilho exato,
quando podias bem ficar no casarão
em ocioso bem-bom de filho de Coronel?

Bobagens: quem explica
as que a gente faz?
Eu sei: foi para, em longas horas estagnadas,
em que ninguém compra, mas conversa
à beira arranhada do balcão
– as horas quase todas do comércio –
discutir a guerra de 14 que lavra lá no longe
e em que te empenhas tanto do mau lado.

Não é fero o patrão.
Decerto preferia
que falasses menos, trabalhasses mais.
E se perceber que o chocolate some,
sem sabor e fumaça, no papel prateado?
Se descobrir? Se te pilhar?

Erram pesadelos de caixeirinho
na noite gelada montanhesa.

TURCOS

Os turcos nasceram para vender
bugigangas coloridas em canastras
ambulantes.
Têm bigodes pontudos, caras
de couro curtido,
braços tatuados de estrelas.
Se abrem a canastra, quem resiste
ao impulso de compra?
É barato! Barato! Compra logo!
Paga depois! Mas compra!

A cachaça, a geleia, o trescalante
fumo de rolo: para cada um
o seu prazer. Os turcos jogam cartas
com alarido. A língua cifrada
cria um mundo-problema, em nosso mundo
como um punhal cravado.
Entendê-los quem pode?

Mas Abrãozinho adolescente
foge de casa, esquivo, em seu segredo.
É capturado, volta. O velho Antônio Abrão
decreta-lhe castigo:
uma semana inteira no balcão,
cabeça baixa, ouvindo
perante os brasileiros
terríveis maldições intraduzíveis.

A turca, ei-la que atende
a fregueses sem pressa,
dá de mamar, purinha, a seu turquinho
o seio mais que farto.
Jacó, talvez poeta
sem verso e sem saber que existe verso
altas horas exila-se
no alto da cidade, a detectar
no escuro céu por trás das serras
incorpóreas Turquias. E se algum
passante inesperado chega perto
Jacó não o conhece. Não é o mesmo
Jacó de todo dia em sua venda.
É o ser não mercantil, um elemento
da noite perquirinte, sem fronteiras.

Os turcos,
meu professor corrige: Os turcos
não são turcos. São sírios oprimidos
pelos turcos cruéis. Mas Jorge Turco
aí está respondendo pelo nome,
e turcos todos são, nesse retrato
tirado para sempre... Ou são mineiros
de tanto conviver, vender, trocar e ser
em Minas: a balança
no balcão, e na canastra aberta
o espelho, o perfume, o bracelete, a seda,
a visão de Paris por uns poucos mil-réis?

TEMPO AO SOL

Sentados à soleira tomam sol
velhos negociantes sem fregueses.
É um sol para eles: mitigado,
sem pressa de queimar. O sol dos velhos.

Não entra mais ninguém na loja escura
ou se entra não compra. É tudo caro
ou as mercadorias se esqueceram
de mostrar-se. Os velhos negociantes
já não querem vendê-las? Uma aranha
começa a tecelar sobre o relógio
de parede. E o sagrado pó nas prateleiras.

O sol vem visitá-los. De chapéu
na cabeça o recebem. Se surgisse
um comprador incostumeiro, que maçada.
Ter de levantar, pegar o metro,
a tesoura, mostrar a peça de morim,
responder, informar, gabar o pano...

Sentados à soleira, estátuas simples,
de chinelos e barba por fazer,
a alva cabeça movem lentamente
se passa um conhecido. Que não pare
a conversar coisas do tempo. O tempo
é uma cadeira ao sol, e nada mais.

CHEGAR À JANELA

Há um estilo
de chegar à janela, espirar a rua.

Nenhum passante veja o instante
em que a janela se oferece
para emoldurar o morador.

De onde surgiu, de que etérea
paragem, nublado sótão,
como pousou, quedou ali,
recortado em penumbra?

Modo particularíssimo de ficar
e não ficar ao mesmo tempo
debruçado à janela
diante da segunda-feira
e das eternidades da semana.
De frente? De lado? De nenhum
ângulo? Está e não está
presente, é ilusão de pessoa,
vaso-begônia, objeto que mofou,
exposto ao ar?

A janela e o vulto imobilizado
proíbem qualquer indagação.

O ANDAR

O andar é lento porque é lento
desde lentos tempos de antanho.

Se alguém corre, fica marcado
infrator da medida justa.

É o lento passo dos enterros
como é o passo dos casamentos.

O pausado som das palavras.
O tranquilo abrir de uma carta.

Há lentidão em dar o leite
da lenta mama a um sem pressa

neném que mama lentamente,
na lenta espera de um destino.

Não é lenta a vida. A vida é ritmo
assim de bois e de pessoas.

no andar que convém andar
como sugere a eternidade.

SERENATA

Flauta e violão na trova da rua
que é uma treva rolando da montanha
fazem das suas.
Não há garrucha que impeça:
A música viola o domicílio
e põe rosas no leito da donzela.

SINA

Nesta mínima cidade
os moços são disputados
para ofício de marido.
Não há rapaz que não tenha
uma, duas, vinte noivas
bordando no pensamento
um enxoval de desejos,
outro enxoval de esperanças.
Depois de muito bordar
e de esperar na janela
maridos de vai-com-o-vento,
as moças, murchando o luar,
já traçam, de mãos paradas,
sobre roxas almofadas,
hirtas grades de convento.

VIDA VIDINHA

A solteirona e seu pé de begônia
a solteirona e seu gato cinzento
a solteirona e seu bolo de amêndoas
a solteirona e sua renda de bilro
a solteirona e seu jornal de modas
a solteirona e seu livro de missa
a solteirona e seu armário fechado
a solteirona e sua janela
a solteirona e seu olhar vazio
a solteirona e seus bandós grisalhos
a solteirona e seu bandolim
a solteirona e seu noivo-retrato
a solteirona e seu tempo infinito
a solteirona e seu travesseiro
        ardente, molhado
        de soluços.

PRIMEIRO AUTOMÓVEL

Que coisa-bicho
que estranheza preto-lustrosa
evém-vindo pelo barro afora?

É o automóvel de Chico Osório
é o anúncio da nova aurora
é o primeiro carro, o Ford primeiro
é a sentença do fim do cavalo
do fim da tropa, do fim da roda
do carro de boi.

Lá vem puxado por junta de bois.

A MONTANHA PULVERIZADA

Chego à sacada e vejo a minha serra,
a serra de meu pai e meu avô,
de todos os Andrades que passaram
e passarão, a serra que não passa.

Era coisa dos índios e a tomamos
para enfeitar e presidir a vida
neste vale soturno onde a riqueza
maior é sua vista e contemplá-la.

De longe nos revela o perfil grave.
A cada volta de caminho aponta
uma forma de ser, em ferro, eterna,
e sopra eternidade na fluência.

Esta manhã acordo e
não a encontro.
Britada em bilhões de lascas
deslizando em correia transportadora
entupindo 150 vagões
no trem-monstro de 5 locomotivas
– o trem maior do mundo, tomem nota –
foge minha serra, vai
deixando no meu corpo e na paisagem
mísero pó de ferro, e este não passa.

O RESTO

No alto da cidade
a boca da mina
a boca desdentada da mina de ouro
onde a lagartixa herdeira única
de nossos maiores
grava em risco rápido
no frio, na erva seca, no cascalho
o epítome-epílogo
da Grandeza.

CONCLUSÃO

Que cerros mais altos,
vista mais calmante,
sítios mais benignos,
nuvens mais de sonho,
fontes mais pacíficas,
gente mais cordata,
bichos mais tranquilos,
noites mais sossego,
sempiternamente
vida mais redonda...
vida mais difícil.

ORDEM

Quando a folhinha de Mariana
exata informativa santificada
regulava o tempo, as colheitas,
os casamentos e até a hora de morrer,
o mundo era mais inteligível,
pairava certa graça ao viver.

Hoje quem é que pode?

TELEGRAMA

Emoção na cidade.
Chegou telegrama para Chico Brito.
Que notícia ruim,
que morte ou pesadelo
avança para Chico Brito no papel dobrado?

Nunca ninguém recebe telegrama
que não seja de má sorte. Para isso
foi inventado.

Lá vem o estafeta com rosto de Parca
trazendo na mão a dor de Chico Brito.
Não sopra a ninguém.
Compete a Chico
descolar as dobras
de seu infortúnio.

Telegrama telegrama telegrama

Em frente à casa de Chico o voejar múrmure
de negras hipóteses confabuladas.

O estafeta bate à porta.
Aparece Chico, varado de sofrimento prévio.
Não lê imediatamente.
Carece de um copo d'água

e de uma cadeira.
Pálido, crava os olhos
nas letras mortais.

*Queira aceitar efusivos cumprimentos passagem data natalícia espero
merecer valioso apoio distinto correligionário minha reeleição deputado
federal quinto distrito cordial abraço Atanágoras Falcão.*

CORTESIA

Mil novecentos e pouco.
Se passava alguém na rua
sem lhe tirar o chapéu
Seu Inacinho lá do alto
de suas cãs e fenestra
murmurava desolado
— Este mundo está perdido!
Agora que ninguém porta
nem lembrança de chapéu
e nada mais tem sentido,
que sorte Seu Inacinho
já ter ido para o céu.

VISITA À CASA DE TATÁ

A casa de Tatá é um silêncio perto da igreja.
Silêncio de lençóis engomados
para sua única pessoa.
A viuvez tão antiga que virou de nascença
derrama brancura em tudo.
O presépio de Tatá emerge de Belém como flor
cheirando a cânfora e alfazema.
Na ordem dos anjos e animais, a ordem estrita
de Deus.
O melhor da casa é a arca,
o melhor da arca, suspiros
feitos da brancura mesma de Tatá,
brancura surda.

IMPERADOR

O imperador Francisco José, dobrado a reveses
de guerra, de família, de toda sorte,
antes que a Áustria-Hungria se despedaçasse
no caos de 1914,
largou tudo, foi ser agente do correio
no município perdido de Minas
sob outro nome imperial: Fernando III.
Sem a trágica pinta dos Habsburgos
vira outro homem, entrega
as cartas com zombaria doce, diverte-se
falando de passarinhos e de pacas.
Só é reconhecível pelas suíças venerandas.

PRIMEIRO POETA

O poeta Astolfo Franklin, como o invejo:
tem tipografia em que ele mesmo
imprime seus poemas simbolistas
em tinta verde e violeta: *Maio*...
é seu jornal, e a letra rara orna seu nome
que tilinta na bruma, enquanto o resto
some.

CULTURA FRANCESA

Com mestre Emílio aprendi
esse pouco de francês
que deu para ler Jarry.

Murilo, diabo na aula,
tinha gestos impossíveis,
que nem macaco na jaula.

Mestre Emílio, tão severo
não via no último banco
o aluno de moral-zero.

Os verbos irregulares
saltavam do meu Halbout,
perdiam-se pelos ares.

Nunca mais os encontrei...
Talvez Brigitte Bardot
me ensinasse o que não sei.

A ALFREDO DUVAL

Meu santeiro anarquista na varanda
da casinha do Bongue, maquinando
revoluções ao tempo em que modelas
o Menino Jesus, a Santa Virgem
e burrinhos de todas as lapinhas;
aventureiro em roupa de operário
que me levas à Ponte dos Suspiros
e ao Pátio dos Milagres, no farrancho
de Michel Zevaco, dos Pardaillan,
Buridan, Triboulet (e de Nick Carter),
ouço-te a rouca voz chamar Eurico
de nazarena barba caprichada
e retê-lo a posar horas e horas
para a imagem de Cristo em que se afirme
tua ânsia artesanal de perdurar.
Perdura, no frontispício do Teatro,
a águia que lá fixaste sobre o globo
azul da fama, no total desmaio
do teu, do nosso tempo itabirano?
Quem sabe de teus santos e teus bichos,
de tua capa-e-espada imaginária,
quando vagões e caminhões desterram
mais que nosso minério, nossa alma?
Eu menino, tu homem: uma aliança
faz-se, no tempo, à custa de gravuras
de semanais fascículos românticos...

ORGULHO

Com toda a sua pomada
e seu horror a pedir,
ao ver a Agência fechada,
Manduca diz, soberano:
"Meu tio, quer me emprestar
um selinho de cem réis?"
"Pois não, lhe empresto, sobrinho."
A carta segue seu rumo,
passa um dia, um mês, um ano
e Manduca, muito ancho,
se gaba de não dever
nem um tostão a ninguém.
"Alto lá, sobrinho, então
eu não lhe emprestei um selo
justamente de tostão?
Se me pagar nesta hora,
prometo não desmenti-lo,
dispenso juro de mora,
mas você fica devendo
o preço desta lição."

REALIDADE

Macedônio botou o dinheiro na mesa, comprou a velha Fazenda
do Ribeirão.
Nunca fui lá, mas sentia a terra pertinho de mim,
a água mineira borbulhando com vontade de ser rio,
refletindo a criação.

Macedônio é de mandar.
Seu primeiro ato de proprietário foi um decreto:
"Dagora em diante esta é a Fazenda da Palestina."

Tudo se desmancha a essa voz:
a água corre para a Bíblia,
a terra foge no tempo-espaço,
a fazenda vira presépio.

HORTÊNSIA

A professora me ensina
que Hortênsia é saxifragácea.
Mas no moreno de Hortênsia,
na cabeleira de Hortênsia,
no busto e buço de Hortênsia,
o que eu diviso é uma graça
mais estranha que a palavra
        saxifragácea.

Hortênsia, jardim trancado
onde sei que o namorado
percorre umbrosos canteiros,
contando depois pra gente.
Oi namorada dos outros,
oi outros que não se calam,
fazem só para contar!
O namorado de Hortênsia
me ensina coisas diversas
do ensino da escola pública.
Eu sei, eu percebo, eu sinto
que Hortênsia (existe a palavra?)
        é sexifragrância.

FLORA MÁGICA NOTURNA

A casa de dr. Câmara é encantada.
No jardim cresce a árvore-de-moedas.
As pratinhas reluzem entre folhas.
O menino ergue o braço e fica rico
        ao luar.

Dr. Câmara sorri sob os bigodes
de bom padrinho. Sente-se criador
de uma espécie botânica sem par.
A crença do menino agora é dele,
        ao luar.

COQUEIRO DE BATISTINHA

> "Ausente de meu querido torrão natal, havia muitos anos, quis rever os sítios amenos... Revoltou-me não rever mais o encantador e quase secular coqueiro do saudoso também Batistinha."
>
> Do volante assinado "Um itabirano", remetido ao autor em 1955.

Já não vejo onde se via
aquele esbelto coqueiro
de Batistinha.

Batistinha não nascera,
o coqueiro ali pousava
a esperá-lo.

Queria ser seu amigo.
Com lentidão de coqueiro
espiava ele crescer.

Amizade que não fala
mas se irradia por tudo
que é silêncio de verdura.

Até que alguém lhe decifra
esse bem-querer de palmas
e chama-lhe:
Coqueiro de Batistinha.

Batistinha vai à Europa,
vê Paris de antes da guerra,
vê o mundo
e a luz que o mundo tinha.

O coqueiro, mui sisudo,
jamais saiu a passeio.
Tomava conta da loja
de Batistinha.

Vem Batistinha contando
as maravilhas da terra.
Maravilha outra, a escutá-lo,
o coqueiro
era coqueiro-viajante
nos passos de Batistinha.

O dia se repetindo
dez mil dias, Batistinha
tem esse amigo a seu lado.

Já se finou Batistinha
com tudo que tinha visto
em giros de mocidade.

Sua loja está fechada.
E resta ao coqueiro? Nada.

De manhã cedo, pois cedo
começa a rodar mineiro,
passando por lá não vejo
nem retrato de coqueiro.

A Prefeitura o cortou?
Ou o raio o siderou,
o caterpilar levou?

No perguntar-se geral,
sabe menos cada qual
do que saberia um coco.

Tão simples,
e ninguém viu:
sem razão de estar ali,
privado de Batistinha,
o seu coqueiro
       sumiu.

EI, BEXIGA!

Os chocolates em túnica de prata,
justa, recendem. A hortelã
das balas pincela um frio verdoendo
na boca.
Tudo vem de longe, de São Paulo,
para Seu Foscarini, distribuidor de delícias.

E um homem desses vai morrer de varíola?

A Idade Média enrola a cidade
em cobertor de pânico.
Sete dias se fecham as portas
se acendem velas
sem leite sem pão sem saúde-pública
joelhos em terra exortam a sagrada ira
a poupar os que não são italianos e fundaram
este chão de Deus sem bexigas.
Pereça, coitado, Seu Foscarini,
mas as velhas famílias se salvem.

Levam Seu Foscarini para o lazareto
que não é lazareto, é um casebre desbeiçado
no campo onde a cobra pasta
vírgulas de tédio.

Nunca mais chocolates, licorinos
caramelos, magia de São Paulo?

Rezo por Seu Foscarini
que milagrosamente se salva
e fecha a confeitaria.

O DOUTOR AUSENTE

Nosso delegado
não é de prender.
Prefere, sossegado,
ler.

Clássicos latinos,
velhos portugueses.
A vida ficou sendo
estante.

Entre Virgílio e Fernão Lopes
a garrafa clara
cheia vazia cheia
contém o mundo retificado.

Nosso delegado
nasceu para outros fins
ausentes do viável.

Não escuta o cabo
dizer que na Rua de Baixo
acontece o diabo.

A estante, a garrafa semioculta,
a cavalgada dos possíveis impossíveis.
Matou! Roubou! Defloramento...
Deixa pra lá.

Deixa bem pra lá de Ovídio
enquanto a bela (ou bela foi um dia) Elzira
lhe afaga os bigodes desenganados.

O delegado não prende.
O delegado está preso
à estante repetida, à sempre garrafa,
ao colo, à coleira
de Elzirardente consolatória.

PRIMEIRA ELEIÇÃO

Marechal Hermes
e Rui Barbosa
lá vêm guerreando
pela montanha.

Olha a trovoada!
A pena, a espada,
qual perde, ganha?
E na sacada

o brado rouco,
o retintim,
a espora, a hora
do boletim.

Toda a cidade
se apaixonando.
Mas das mulheres
o voto, quando?

Menino vota
no faz de conta.
Ruísta, hermista,
sangue na crista!

Somos de Rui
os vexilários.

Já tudo rui
entre os contrários.

O formidando
som da vitória:
ao município
tamanha glória.

Doces projetos,
altos propósitos,
sonhos urbanos,
ideais humanos.

Rui vencedor.
Viva o Brasil
... de Hermes na posse.
Tosse? Bromil.

SUUM CUIQUE TRIBUERE

O vigário decreta a lei do domingo
válida por toda a semana:
— Dai a César o que é de César.
Zé Xanela afundado no banco
vem à tona d'água
ardente
acrescenta o parágrafo:
— Se não encontrar César, pode dar a Sá Cota Borges que é mãe
[dele.

DOIDO

O doido passeia
pela cidade sua loucura mansa.
É reconhecido seu direito
à loucura. Sua profissão.
Entra e come onde quer. Há níqueis
reservados para ele em toda casa.
Torna-se o doido municipal,
respeitável como o juiz, o coletor,
os negociantes, o vigário.
O doido é sagrado. Mas se endoida
de jogar pedra, vai preso no cubículo
mais tétrico e lodoso da cadeia.

VELHACO

Zico Tanajura está um pavão de orgulho
no dólmã de brim cáqui.
Vendeu sua terra sem plantação,
sem criação, aguada, benfeitoria,
terra só de ferro, aridez
que o verde não consola.
E não vendeu a qualquer um:
vendeu a Mr. Jones,
distinto representante de Mr. Hays Hammond,
embaixador de Tio Sam em Londres-*belle-époque*.
Zico Tanajura passou a manta em Suas Excelências.
De alegria,
vai até fazer a barba no domingo.

O INGLÊS DA MINA

O inglês da mina é bom freguês.
Secos e molhados finíssimos
seguem uma vez por mês
rumo da serra onde ele mora.
Inglês invisível, talvez
mais inventado que real,
mas come bem, bebendo bem,
paga melhor. O inglês existe
além do bacon, do *pâté*,
do *White Horse* que o projetam
no nevoento alto da serra
que um caixeirinho imaginoso
vai compondo, enquanto separa
cada botelha, cada lata
para o grande consumidor?
Que desejo de ver de perto
o inglês bebendo, o inglês comendo
tamanho lote de comibebes.
Ele sozinho? Muitos ingleses
surgem de pronto na mesa longa
posta na serra. Comem calados.
Calados bebem, num só inglês.
Talvez um dia? Talvez. Na vez.

MRS. CAWLEY

Vem a americana com seu *fox-terrier*,
vestido róseo desenvolto,
loura em mata morena, sol de milho,
sorriso aberto em português estropiado
mas tão linda!
linda de soluçar
de apunhalar
meu assombro caipira colegial.

Vem a americana com o marido,
visita
as famílias importantes dos senhores de terras.
Seu sorriso compra as terras, compra tudo
fácil, no deslumbramento.

O americano, mero aposto circunstancial.
O americano, que me importa?
Daria, se tivesse, um reino inteiro
para ter esta mulher a vida inteira
sorrindo a boca inteira
só para mim na sala de visitas.

A SEPARAÇÃO DAS CASAS

Os deste lado brigaram
com os do lado de lá.
Não foi briga de xingar,
não foi rixa de bater
nem de sacar o revólver.
É briga de não falar
e de cerrar a janela
devagar e sem ranger,
se passa alguém do outro lado.
Briga de não conhecer
quem antes se conhecia,
se estimava, se tratava
com a maior civilidade,
quem antes se convidava
pra festa de batizado
e primeira comunhão,
casamento, aniversário
ou pra simples assustado,
a quem, se acaso surgisse
gente demais no jantar,
emprestado se pedia
meia dúzia de cadeiras
e meia dúzia de copos,
e que também recorria
com toda sem-cerimônia
à vizinhança amistosa
em noite de dor na perna

e de farmácia fechada
com vistas ao milagroso
vidrinho de Pronto-Alívio
ou em outro qualquer aperto
que costuma suceder
nos lares mais bem providos.
Troca-troca se fazia
de doces, frutas, temperos,
receitas de forno e bilro,
mimos de mil qualidades
no vai-e-volta de cestas,
terrinas e tabuleiros.
Crianças das duas casas
unidas num só brinquedo
de chicotinho queimado,
carniça, gata-parida
e manja, roda, cantigas
lusamente brasileiras,
ou melhor, universais.
Té se faz de mentirinha
casamento de meninos
que talvez se torne um dia
matrimônio de verdade
em gorda concentração
de fortunas e de afetos.
(O mundo, calmo, autoriza
esperar dez, quinze anos.)
Eis de súbito alterado
o panorama gentil
de tão grata convivência.
Não se tira mais chapéu
nem mais se exibem risonhos
dentes de cordialidade,

já se finge não haver,
dos dois lados desta rua,
ninguém morando por perto.
Há um vazio de cem léguas
na estreiteza das calçadas.
Pequenos brinquem no quarto,
o velocípede novo
rode da sala à cozinha
muito embora atropelando
grandes de todo respeito,
e quem fizer um aceno
para vulto de outro lado
entra feio na chinela
de ramagem verde hostil.
No grupo escolar, cuidado:
ninguém vá se misturar.
Que foi que houve, que não
houve, se nada sabemos?
Quem por acaso decifra
o que pode haver no ar
ou na cabeça dos grandes
reticentes, sigilosos?
Do lado de lá não sabem;
do lado de cá, também.
Não se filtra explicação.
Cala a boca! é a resposta
a quem demais especule.
E todo o mundo virou
cofre estranho de mistério
exemplarmente fechado
a mãos, olhares, perguntas...
Mas a velha cozinheira
peça antiga da família,

que tudo sabe e resmunga
seu misto de língua longe
e de estalar de panela,
cospe de lado e define:
— Candonga gente. Candonga.

O MELHOR DOS TEMPOS

Bailes bailes bailes
em nossa *belle époque*.
Em casa de João Torres
há saraus constantes.
Na de Chico Cândido,
na de Emílio Novais,
na de Zé Carvalho,
a valsa espirala
suas curvas lentas.
Sempre a serenata
prateia o silêncio
dos casarões altivos.
A flauta flautíssima
de Mário Terceiro
faz terremotos líricos.
Vavá, Clínton, Astolfo,
mais Totoque e Lilingue
rogam suavemente
que Stela abra a janela
e abrigue corações
transidos de frio,
desfeitos em música.
Quem ousa, noturno,
furtar jabuticabas
em quintais caninos,
é para deixá-las,
votivas,

no peitoril das deusas
de boa família,
anonimamente.
Já de madrugada
os meigos ladrões
e magos cantores
lá vão degustar
os pastéis de queijo
de João Bicudo,
o licor discutível
de Zé Pereira.
Manhã rósea, passa
o batalhão infantil
(Minervino comanda)
e bate continência
às gentis moçoilas.
Tudo é mimo, graça.
Belle époque é fato
da história mineira.

PODER DO PERFUME

Popular, a água-flórida.
O seu nome-roseira
já é flor e trescala
só de o ouvirmos na sala.

A excelsa brilhantina
em potes de Paris
embalsama noivados
no sofá dos sobrados.

Jiqui, perfume nobre,
há de estar bem à vista
entre jarro e bacia
da rural burguesia.

As botas onde o estrume
deixa visível marca,
em chegando à cidade
cedem à amenidade

que os moços fazendeiros
sabem criar em volta
de um sólido namoro
de perfumes em coro.

Qual mais recendente
a sândalo e jasmim,

ele e ela, abraçados
em cheiros conjugados,

sem se tocarem (nada
autoriza a licença
do beijo corporal)
praticam sem detença

– ai! – o sexo aromal.

TANTAS FÁBRICAS

A fábrica de café de João Acaiaba
a fábrica de sabão de Custódio Ribeiro
a fábrica de vinho de João Castilho
a fábrica de meias de François Boissou
a fábrica de chapéus de Monsenhor Felicíssimo
a fábrica de tecidos de Doutor Guerra
a fábrica de ferro do Girau do Capitão Aires
a fábrica de sonho de cada morador
a fábrica de nãos do governo longínquo
a fábrica de quê? na intérmina conversa
que rumina o milagre
e cospe de esquerda
no chão.

O ORIGINAL E A CÓPIA

No dia infindável,
no centenário banco de farmácia,
discutem passarinho
como se fosse polícia municipal.
Carece discutir alguma coisa,
senão o tempo vira mármore
gelado
e todas as pessoas viram mármore
roído, desbotado; de jazigo.
Discute-se a vária cor do sabiá,
o voo particular do sabiá,
o canto divino do sabiá,
superior à flauta de Lilingue.
Protesta Lilingue,
retira-se, flautista indignado.
Silêncio de sem-jeito.
Seu Paulinho Apóstolo rompe o mal-estar:
— De todos os sabiás da redondeza
(e abrange, mãos em concha, o orbe terráqueo),
desde o coleira ao laranjeira,
o que eu destaco pela melodia,
que é dom de Deus, sei lá, de anjos cantores,
é o sabiacica.
Todos se erguem, estupefatos:
— Mas não é sabiá! É papagaio!
Só imita sabiá, o porcaria!

101

Seu Paulinho Apóstolo sorri
de tamanha besteira:
— Bobagem de vocês, o sabiá
é que vive imitando sabiacica.

OS CHARADISTAS

Passam a vida lenta decifrando
novíssimas,
sincopadas,
logogrifos.
Mandam soluções para o *Almanaque Bertrand*
e quedam à espera do navio de Lisboa que não vem,
não atracará nunca no Rio Doce,
trazendo em nova edição os nomes dos aficionados
triunfadores.
Chega a besta rústica do Correio.
Na mala, do volume encharcado de chuva,
não salta nenhuma vitória para a cidade,
salvo no ano esplendoroso de 1909
em que Juquinha Gago tirou menção honrosa.

Pobre (rico?) de mim
que nunca fui além das cartas enigmáticas,
sem conclusão e sem prêmio,
mas também não sou nunca derrotado.

OS VELHOS

Todos nasceram velhos – desconfio.
Em casas mais velhas que a velhice,
em ruas que existiram sempre – sempre!
assim como estão hoje
e não deixarão nunca de estar:
soturnas e paradas e indeléveis
mesmo no desmoronar do Juízo Final.
Os mais velhos têm 100, 200 anos
e lá se perde a conta.
Os mais novos dos novos,
não menos de 50 – enorm'idade.
Nenhum olha para mim.
A velhice o proíbe. Quem autorizou
existirem meninos neste largo municipal?
Quem infringiu a lei da eternidade
que não permite recomeçar a vida?
Ignoram-me. Não sou. Tenho vontade
de ser também um velho desde sempre.
Assim conversarão
comigo sobre coisas
seladas em cofre de subentendidos
a conversa infindável
de monossílabos, resmungos,
tosse conclusiva.
Nem me veem passar. Não me dão confiança.
Confiança! Confiança!

Dádiva impensável
nos semblantes fechados,
nas felpudas redingotes,
nos chapéus autoritários,
nas barbas de milênios.
Sigo, seco e só, atravessando
a floresta de velhos.

ARCEBISPO

Dom Silvério em visita pastoral
fala pouco, está cansado, levanta a mão
lenta e abençoa.

Entre bambus e arcos triunfais
é o primeiro bispo (arcebispo) que eu vejo.
Não tem a rude casca do vigário
nem a expressão de diabo-crítico de Padre Júlio.
É manso, está cansado, olha de longe,
de um palácio esfumado de Mariana
o povo circunflexo.

SÃO JORGE NA PENUMBRA

São Jorge imenso espera o cavalo
que ainda não foi arreado,
ainda não foi raspado,
ainda não foi escolhido
entre os vinte melhores da redondeza.

São Jorge fora de altar
(não cabe nele)
espera o dia da procissão
em canto discreto da Matriz.

São Jorge é meu espanto.
Ainda não vi santo montado.
Santos naturalmente andam a pé,
atravessam rios a vau e a pé,
fazem milagres a pé.
Usam sandálias
de luz e poeira como os deuses
da gravura.
São Jorge usa botas como os fazendeiros
de minha terra.

E não é fazendeiro. São botas de guerra.
São Jorge mata o dragão. Mata os inimigos
de Deus na bacia do Rio Doce?
Fica longamente na penumbra

esperando cavalo e procissão
só um dia no ano: ele é São Jorge
mesmo.
No mais, uma espera colossal.

O BOM MARIDO

Nunca vou esquecer a palavra ingrediente
no plural.
À tarde, Arabela conversava
com Teresa, na sala de visitas.
Passei perto, ouvi:
— Custódio tem todos os ingredientes
para ser bom marido.
— Quais são os ingredientes?
a outra lhe pergunta.
Arabela sorri, sem responder.
Guardo a palavra com cuidado,
corro ao dicionário:
continua o mistério.

MORTE DE NOIVO

Suicida-se o noivo de Carmela,
antes noivo de Isaura.
Desfeito o primeiro compromisso,
Carmela esperava-o do alto da sacada.
Para entrar, não precisa bater palmas
o amor. De uma rua
a outra rua, transita, pesquisando.
É Carmela a escolhida. E agora o noivo mata-se
com insabido veneno, sem uma palavra.

Duas moças vivendo a morte muda.
Nenhuma vai ao enterro. Proibido
chorar em público morte de infiel.
Cada uma em seu quarto solteiríssimo,
escurecido em quarto de viúva.
Isaura: Se não havia de ser meu,
nenhum dedo terá sua aliança.
Carmela: Todas duas fomos derrotadas
ou ninguém perdeu,
ganhou ninguém?

As fronhas são esponjas
de lágrimas secretas.

A MOÇA FERRADA

Falam tanto dessa moça. Ninguém viu,
todos juram.
Cada qual conta coisa diferente,
e todas concordantes.
Dizem que à noite, ela. Ela o quê?
E com quem? Com viajantes
que somem sem rastro
gabando no caminho
os espasmos secretos (tão públicos) da moça.

Sobe a moça
a ladeira da igreja
para a reza de todas as tardes.
De branco perfeitíssimo,
alta, superior, inabordável
(luxúria de mil-folhas sob o véu,
murmura alguém).
À noite é que acontecem coisas
no quarto escuro. Ganidos de prazer,
escutados por quem? se ninguém passa
na rua de altas horas-muro?
Pouco importa, a moça está marcada,
marca de rês na anca, ferro em brasa
de língua popular.

111

NOTICIÁRIO VIVO

A servente da escola mora no Campestre,
longe, sai de casa sem café.
Desce a ladeira, vai parando,
assuntando o que se passa na Rua de Santana
e em toda parte.
Última estação: aqui em casa.
Toma café reforçado, conta
o que há ou não há ou pode haver
sob as telhas escuras da cidade.
Conta naturalmente, sem malícia,
jornal falado das nove horas.
E ao serviço, antes que toque
a sineta irrevogável de Mestre Emílio.
Ficamos sabendo de tudo de todos.
Ficarão sabendo tudo de nós,
amanhã, de manhã,
na Rua de Santana e em qualquer parte?

ABRÃOZINHO

Largou a venda, largou o dinheiro,
largou a amante sem se despedir.
Foi para o Rio fazer o quê?
Sentar no banco em frente ao Supremo
Tribunal Federal,
estourar a tiro a própria cabeça,
fazendo justiça
a si mesmo, crime
ignorado até de si mesmo.
A carta de suicida
– "Me firmo Abraão Elias" –
nada esclarece.

ANIVERSÁRIO DE JOÃO PUPINI

Já vou dormir, não vou dormir.
No silente Caminho Novo,
sete tiros da carabina.
Eu nada escuto do meu quarto.
Ninguém escuta, de tão longe.
Mas adivinho sete tiros
estampados na noite fria.

É João Pupini festejando
seu natalício italiano,
atirando contra as estrelas
o chumbo gaio de estar vivo.
É João Pupini ameaçando
o sono azul do município,
o equilíbrio e a paz do mundo.

Já se eriça, irado, o bigode
marcial de Guilherme 2º
O kzar, o king George, Francisco
José e mais altas potências
protestam contra o despropósito
de João Pupini fazer anos
declarando guerra mundial.

O delegado de polícia,
sentinela internacional,

convoca seu destacamento:
"Eia, sus, ao Caminho Novo,
a prender o guerreiro doido,
que além de ser mau elemento
vota sempre na oposição."

Sua casa logo arrombada
a coronha, facão e ombro,
João Pupini dá o sumiço
pelos fundos de treva e brejo,
embolado mais a família,
pois lutar contra a Força Pública,
nem o ousara Napoleão.

Mas é preso nos vãos atalhos
em que zaranza atarantado,
e recolhido à enxovia
o formidando atirador.
Nem Deus te salva, João Pupini!
(fico cismando, no sem-sono
de carabina, junho e noite.)

Solitário, incomunicável,
Pupini diz: "Vou suplicar
à autoridade justiciosa
o direito de fazer anos
e jovialmente celebrá-lo."
Mas retrucam-lhe: "Assine e sele
petição na forma da lei."

Onde papel, no úmido escuro
do xadrez todo enxadrezado
de feros ferros e ferrolhos?

115

Onde estampilha, Deus do céu,
se só uma barata sela,
no chão da cela, madrugada,
a prova de estar acordada?

Sem requerer, como provar
que entre mil mortos e feridos
pela arma-fúria de Pupini,
estão todos salvos, tranquilos?
Como explicar ao Presidente,
a Hermes, Pinheiro, Jangote,
que ninguém fez mal a ninguém?

Tiro de noite é novidade
na cidade sem distração
e noite por demais comprida?
O rádio está por inventar,
a televisão, nem se fala.
Quem tem fogo vai despejá-lo
na horta gelada, por que não?

Ainda há dias, rente ao quartel,
no rancho insone do Thiers,
tiros sem alvo pipocaram,
ninguém foi preso, até foi bom
ouvir alguém vencer o tédio
detonando a salva nervosa
que infundia vida ao mar-morto.

Mas João Pupini, suspeitado
(suspeita, não: certeza plena)
de sorrir para os perdedores
da eleição presidencial;

João ruísta, João subversivo,
João celebrar seu nascimento
a poder de bala, o bandido?

Lá dorme João no chão sem lã.
Estou sentindo: a poucos passos
da cadeia ali bem em frente,
e dormirá tempos e luas,
se ruístas alvoroçados
não soltarem pelas quebradas
o latino grito: *Habeas corpus*.

(Que só mais tarde entenderei.
Por enquanto, perto de mim,
algo se passa, impercebido,
como sempre se passam coisas
no deserto Caminho Novo
ou
neste menino peito ansioso.)

HISTÓRIA TRÁGICA

-— Esta ponte está podre,
Não passa de janeiro.
Ou cai agora ou não me chamo
Flordualdo.

— Esta ponte cair? Meu avô foi quem fez.
Ninguém vivo, atual, dura mais do que ela.
Esta ponte é de Deus,
é Deus quem toma conta
da madeira e dos ferros,
eterno, tudo eterno.

— Pois eu digo que sim.
Repare nos buracos.
Você passa e ela treme
de velhice. O caruncho
alastrado nas vigas.
Esta ponte é o diabo,
ela está condenada
só você que não sabe.

— Alto lá.
Esta ponte é sagrada
É ponte de família
que meu pai ajudou
a tirar da cabeça
e a dominar as águas.

Ela há de viver
nos séculos dos séculos
contra caruncho e raio,
dinamite e praga.
E pra encurtar conversa,
eu Mateus te afianço:
antes que a ponte caia,
você cairá da ponte
com esta bala certeira:
toma.

SABER INCOMPLETO

— Mecê, cumpádi, já porvou
bunda de tanajura torradinha?
— De tanajura, cumpádi,
inté hoje não.

RESISTÊNCIA

O tísico
não tosse.
Não precisa tossir
para provar que continua tísico.
Rosto esverdinhado, barba por fazer,
pescoço envolto em lã xadrez,
roupa de brim dançante no esqueleto,
o tísico da cidade quando morre?

Cumprimentado de longe,
ninguém lhe aperta a mão.
Alguém já viu micróbios passeando
em seus ossudos dedos pré-defuntos.

Sua voz mal ouvida é som de longe,
de onde ninguém volta, ou só voltou
em véus de assombração. Terá morrido
o tísico, e transita,
pausado, de brim cáqui, em dia azul?

Morre de congestão o velho indagador,
de ataque morre súbito o fortudo
professor de ginástica. Morrem outros
de 20 anos, rapazes não marcados.
O tísico, vai tossindo, enterra todos.

ESTIGMAS

De tanto ouvir falar, já decorei
e me arrepio.
Cancro gálico ozena
três nódoas indeléveis
no andar, na roupa, na lembrança.
Pior do que matar.
Pior até do que furtar.
Ninguém aperte a mão
daquele que tiver
cancro
gálico
ozena.
Só se cumprimenta de longe
sem tocar na aba do chapéu.
Todo medo é pouco.
Não apenas o corpo:
o próprio nome do infeliz
fica nojento.

ORAÇÃO DA TARDE

Pelas almas,
pelas almas do Purgatório,
rezai a Salve-Rainha
Padre-Nosso, Ave-Maria,
as rezas que decorastes
no tempinho de criança.

Pelas almas,
pelas almas do Purgatório,
atirai vossas migalhas
sobre o vazio da Praça.
Têm fome de Deus as almas
e enquanto o não vão comendo
se consolam com esses restos.

Pelas almas
pelas almas do Purgatório,
desapertai vossas bolsas,
na sacola esfarrapada
quando bate à vossa porta
em nome da eternidade
o aleijado irmão das almas.

Pelas pobrinhas das almas.

A CONDENADA

Impossível, casar a moça
bela branca rica
na terra onde príncipes não saltam
do armorial para pedir-lhe a mão
jamais.

Passam cometas de olhar astuto,
canastras sortidas.
Irão comprar a moça, mercadoria
sem preço na Terra?
Jamais.

Passam fazendeiros, botas esculpidas
no estrume, riso ruidoso
de dentes de ouro.
Cuidam levar a moça para saldar
suas hipotecas?
Jamais.

Passam mulatos de fina lábia
e mil apólices federais.
Como deixar que o sangue cruze
na alva barriga de alvas origens?
Jamais.

Condena-se a moça ao casamento
consigo mesma
na noite alvíssima
eternalmente.

GOSTO DE TERRA

Na casa de Chiquito a mesa é farta
mas Chiquito prefere comer terra.
Olho espantado para ele.
"Terra tem um gosto..." Me convida.
Recuso. "Gosto de quê?" "Ora, de terra,
de raiz, de profundo, de Japão.
Você vai mastigando, vai sentindo
o outro lado do mundo. Experimenta.
Só um torrãozinho." Que fazer?
Insiste, mas resisto.
Prefiro comer nuvem, chego ao céu
melhor que o aeroplano de Bleriot.

O VISITANTE INÁBIL

Café coado na hora,
adoçado a rapadura bem escura,
deve ser servido na tigela
de flores de três cores,
flores pegando fogo, de tão quente
deve ser o café pra ser café
oferecível.

Queimo os dedos, viram cacos
as cores das três flores,
molho a calça, queimo a perna,
me envergonho:

Este café tem plenas condições
de ser bebido com prazer e continência,
e não correspondi à etiqueta
de beber café pelando em casa alheia.

PRIMEIRO COLÉGIO

FIM DA CASA PATERNA

I

E chega a hora negra de estudar.
Hora de viajar
rumo à sabedoria do colégio.

Além, muito além de mato e serra,
fica o internato sem doçura.
Risos perguntando, maliciosos
no pátio de recreio, imprevisível.
O colchão diferente.

O despertar em série (nunca mais
acordo individualmente, soberano).
A fisionomia indecifrável
dos padres professores.
Até o céu diferente: céu de exílio.
Eu sei, que nunca vi, e tenho medo.

Vou dobrar-me
à regra nova de viver.
Ser outro que não eu, até agora
musicalmente agasalhado
na voz de minha mãe, que cura doenças,
escorado
no bronze de meu pai, que afasta os raios.

Ou vou ser – talvez isso – apenas eu
unicamente eu, a revelar-me
na sozinha aventura em terra estranha?
Agora me retalha
o canivete desta descoberta:
eu não quero ser eu, prefiro continuar
objeto de família.

II

A "condução" me espera:
o cavalo arreado, o alforje
da matalotagem,
o burrinho de carga,
o camarada-escudeiro, que irá
na retaguarda,
meu pai-imperador, o Abre-Caminho.

Os olhos se despedem da paisagem
que não me retribui.
A casa, a própria casa me ignora.
Nenhuma xícara ou porta me deseja
boa viagem.
Só o lenço de minha mãe fala comigo
e já se recolheu.

III

São oito léguas compridas
no universo sem estradas.
São morros de não-acaba
e trilhas de tropa lenta
a nos barrar a passagem.

Pequenos rios de barro
sem iaras, sem canoas
e uns solitários coqueiros
vigiando mortas casas
de falecidas fazendas.
Ou são mergulhos na lama
de patas que não têm pressa
de chegar a Santa Bárbara.
Quando termina a viagem,
se por acaso termina,
pois vai sempre se adiando
o pouso que o pai promete
a consolar o menino?
Que imenso país é este
das Minas fora do mapa
contido no meu caderno?
Que Minas sem fim nem traço
de resmungo entre raríssimos
roceiros que apenas roçam
mão na aba do chapéu
em saudação de passante?
O cavalgar inexperto
martiriza o corpo exausto.
Se bem que macia a seda,
deixa o traseiro esfolado.
Até que afinal, hosana!
apeando em São Gonçalo
diante da suspirada
venda de Augusto Pessoa,
meu pai, descansando, estende-me
o copo quente e divino
de uma cerveja Fidalga.
Bebi. Bebemos. Avante.

133

IV

Tenho que assimilar a singularidade
do trem de ferro.
Sua bufante locomotiva, seus estertores,
seus rangidos, a angustiante
ou festiva mensagem do seu apito.

Ah, seus assentos conjugados de palhinha
sobre o estofo.
Nunca viajei em bloco, a vida
começa a complicar-se.
Novidade intrigante, o sabonete
preso na corrente.

Minha terra era livre, e meu quarto infinito.

OMBRO

Se triste é ir para o colégio distante,
fica mais triste ainda
ao ver Sebastião Ramos chorando no ombro de meu pai:

"Estou perdido! Nunca mais levanto!
A quebra dessa casa é a minha morte."
O fragor do trem martela seu desespero,
ou seu desespero rilha nos trilhos
e, na caldeira, queima?

Ei, Sebastião Ramos, faz assim não na minha frente!
Também estou perdido: morte no internato.
Morrer vivo o ano inteiro é mais morrer
embora ninguém perceba
e ficarei sem ombro
para acalentar a minha morte.
Ó Sebastião Ramos, você roubou meu ombro.

MESTRE

Arduíno Bolivar, o teu latim
não foi, não foi perdido para mim.
Muito aprendi contigo: a vida é um verso
sem sentido talvez, mas com que música!

AULA DE PORTUGUÊS

A linguagem
na ponta da língua,
tão fácil de falar
e de entender.

A linguagem
na superfície estrelada de letras,
sabe lá o que ela quer dizer?

Professor Carlos Góis, ele é quem sabe,
e vai desmatando
o amazonas de minha ignorância.
Figuras de gramática, esquipáticas,
atropelam-me, aturdem-me, sequestram-me.

Já esqueci a língua em que comia,
em que pedia para ir lá fora,
em que levava e dava pontapé,
a língua, breve língua entrecortada
do namoro com a prima.

O português são dois; o outro, mistério.

AULA DE FRANCÊS

Cette Hélène qui trouble et l'Europe et l'Asie,
mas o professor é distraído,
não vê que a classe inteira se aliena
das severas belezas de Racine.
Cochicham, trocam bilhetes e risadas.
Este desenha a eterna moça nua
que em algum país existe, e nunca viu.
Outro some debaixo da carteira.
Os bárbaros. Será que vale a pena
ofertar o sublime a estes selvagens?

O Professor Arduíno Bolivar
fecha a cara, abre o livro.
Ele não os despreza. Ama-os até.
Podem fazer o que quiserem.
Ele navega só, em mar antigo,
a doce navegação de estar sozinho.
Tine a campainha.
Acabou a viagem, no fragor
de carteiras e pés.
O professor regressa ao rígido
sistema métrico decimal das ruas de Belo Horizonte.

AULA DE ALEMÃO

Baixo, retaco, primitivo,
Irmão Paulo, encarregado da livraria
e do ensino de Goethe a principiantes,
leu um único livro em sua vida:
Arte de dar cascudos,
que ele pratica bem, mas não ensina.
Os lábios assustados ficam mudos
para sempre, em germânico.

FIGURAS

O Meirinho, o Meirão. Um é craque na bola,
o outro, caricaturista. A vontade que sinto
de ter nascido J. Carlos e vencê-lo.
Dos três irmãos Lins, Ivan ainda não conhece
Auguste Comte e já se mostra sábio.
Capanema, o estudante
três vezes estudante, e completo.
O completo vadio,
ignoro se sou. Sei que não sei
estudar, e isto é grave. Jamais aprenderei.
Vou rasgando papéis pelo pátio varrido.
Todos riem baixinho. Volto-me,
pressentimento.
Atrás de mim Padre Piquet vem, passo a passo,
pousa em meu ombro a punição.

CRAQUE

Segundo *half-time*.
Declina a tarde sobre o *match*
indefinido.
O Instituto Fundamental envolve o adversário.
A taça já é sua, questão de minutos.
Mas Abgar, certeiro, irrompe
de cabeçada,
conquista o triunfo para o deprimido
team confuso do Colégio Arnaldo.
Olha aí o Instituto siderado!

Despe Abgar o atlético uniforme,
simples recolhe-se ao salão de estudo
para burilar um dolorido
soneto quinhentista:
Em vão apuro a minha fortitude,
Senhora, por vencer o meu amor...

A NORMA E O DOMINGO

Comportei-me mal,
perdi o domingo.
Posso saber tudo
das ciências todas,
dar quinau em aula,
espantar a sábios
professores mil:
comportei-me mal,
não saio domingo.

Fico vendo mosca
zanzar e zombar
de minha prisão.
Um azul bocejo
derrama-se leve
em pó de fubá
no pátio deserto.
Não há futebol,
não quero leitura,
conversa não quero,
vai-se meu domingo.

Lá fora a cidade
é mais provocante
e seu pálio aberto
recobre ignorantes
dóceis ao preceito.

Que aventura doida
no domingo livre
estarão desfiando
enquanto eu sozinho
contemplo escorrer
a lesma infindável
do meu não-domingo?

Digo nomes feios
(calado, está visto).
Não vá ser-me imposta
a perda total
de quantos domingos
Deus for programando
em Minas Gerais.
Abomino a ordem
que confisca tempo,
que confisca vida
e ensaia tão cedo
a prisão perpétua
do comportamento.

PROGRAMA

Que vais fazer no dia de saída?
Acaso vais reinventar a vida?

Dizendo adeus a negras matemáticas,
nunca mais voltar ao colégio férreo?

Montar em pelo o macho Trintapatas
e galopar no rumo do Insondável?

Buscar destino de cigano ou pária,
livre pra lá da Serra do Curral?

Vais procurar o que é vedado e chama:
a pedra, o som, o signo, a senha, o sumo?

— Vou visitar os tios e os padrinhos.
Vou chateá-los e chatear-me, apenas.

(Preceito Dez, das Tábuas da Família.)

RUAS

Por que ruas tão largas?
Por que ruas tão retas?
Meu passo torto
foi regulado pelos becos tortos
de onde venho.
Não sei andar na vastidão simétrica
implacável.
Cidade grande é isso?
Cidades são passagens sinuosas
de esconde-esconde
em que as casas aparecem-desaparecem
quando bem entendem
e todo mundo acha normal.
Aqui tudo é exposto
evidente
cintilante. Aqui
obrigam-me a nascer de novo, desarmado.

PARQUE MUNICIPAL

I

A natureza é imóvel.
A natureza, tapeçaria
onde o verde silente se reparte
entre caminhos que não levam a nenhum lugar.
São caminhos parados. De propósito.
O lago, tranquilidade oferecida.
A pontezinha rústica de cimento
não é feita para ninguém passar
de um ponto a outro.
Feita para não passar.
A pontezinha sou eu ficar imóvel
por cima da água imóvel
na tapeçaria imóvel para sempre.
O barquinho da margem devia ser queimado.

II

O portão do colégio abre-se em domingo.
Toda a cidade é tua e verde.
O Parque o barco o banco o leque
do pavão em grito e cor fremindo o lago
sem que as estruturas de silêncio
desmoronem.
Quem passa? Nada passa. Aqui o tempo
aqui o ramo aqui o caracol

em ar benigno se entrelaçam, duram
eternamente a vez de contemplá-los.
Voltar? Para onde e que, se existe onde
além deste? se em vão as matemáticas,
as químicas, preceitos...
És o Parque, total.
Nem desejas ser planta, estás embaixo
de toda planta, simples terra.
Por que se destaca da palmeira
o pederasta
e faz o gesto lúbrico, sorri?

APONTAMENTOS

O deslizante cisne destas águas,
nem simbolista nem parnasiano;
a tartaruga em si mesma trancada;
as rêmiges de fogo no viveiro;
o cris da areia em solas transeuntes;
o guarda que de inerte se assemelha
às árvores, e árvore é com sua farda;
o macaco brincando de ser gente;
a foto de jornal sobre o canteiro;
essa flor que nasceu sem dar aviso
nos ferros rendilhados do gradil;
a caixa envidraçada de empadinhas
e cocadas baianas logo à entrada;
o ver, em si, como ato de viver;
o perder-se e encontrar-se nas aleias,
no entrelaçar de curvas sombreadas,
de onde espero surgir alguma ninfa
sem que surja nenhuma (e continuo
procurando a metáfora do sonho);
o barquinho alugado por sessenta
minutos, e o perfume, que é gratuito,
de resinosos troncos tutelares
desta gentil paisagem recolhida;
uma cantiga – *ó minha Carabu...*
entoada à distância e logo extinta;
o torpor que a meu ser eis se afeiçoa

na vontade de relva, de reflexo,
de sopro, de sussurro me tornar;
a ausência de relógio e de colégio,
de obrigação, de ação, de tudo vão.

LIVRARIA ALVES

Primeira livraria, Rua da Bahia.
A carne de Jesus, por Almáquio Diniz
(não leiam! obra excomungada pela Igreja)
rutila no aquário da vitrina.
Terror visual na tarde de domingo.

Volto para o colégio. O título sacrílego
relampeja na consciência.
Livraria, lugar de danação,
lugar de descoberta.

Um dia, quando? Vou entrar naquela casa,
vou comprar
um livro mais terrível que o de Almáquio
e nele me perder – e me encontrar.

FRIA FRIBURGO

PRIMEIRO DIA

Resumo do Brasil no pátio de areia fina.
Sotaques e risos estranhos.
Continente de almas a descobrir
palmo a palmo, rosto a rosto,
número a número,
ferida a ferida.
Mal nos conhecemos, a palavra-mistério
na pergunta-sussurro
é pedrada na testa:
— Você gosta de foder?

SEGUNDO DIA

Sou anarquista. Declaro honestamente.
(A tarde vai cerzindo no recreio
o pano de entrecortada confissão.)
Espanto, susto. Como?
O quê? Por quê? Explica essa besteira.

A solução é a anarquia. Sou
anarquista. Nem de longe vocês captam
o sublime anarquismo. Sou.
Com muita honra. Mas vocês, que são?
Vocês são uns carneiros
de lã obediente.

Zombam de mim. Me vaiam: Anarquista
a-nar-quis-tá a-nar-quis-tá-tá!
(Medo de mim, oculto em gozação?)

O bicho mau, o monstro repelente
conspurcando o jardim de Santo Inácio.
Avançam. Topo a briga. Me estraçalho
lutando contra todos. Furor mil.

Morro ensanguentado. Não. Não mato algum
nem me tocam sequer.
Negro e veloz, chegou a tempo
o Padre, e me salva do massacre
porém não do apelido: o Anarquista.

TERCEIRO DIA

Mamãe, quero voltar
imediatamente.
Diz a Papai que venha me buscar.
Não fico aqui, Mamãe, é impossível.
Eu fujo ou não sei não, mas é tão duro
este infinito espaço ultrafechado.
Esta montanha aqui eu não entendo.
Estas caras não são caras da gente.
E faz um frio e tem jardins fantásticos mas sem
o monsenhor, o beijo, a crisandália
que são nossos retratos de jardim.
Da comida não queixo, é regular
mas falta a minha xícara, guardou
para quando eu voltar?
Ai Mamãe, minha Mãe, o travesseiro
eu ensopei de lágrimas ardentes
e se durmo é um sonhar de estar em casa
que a sineta corta ao meio feito pão:
hora de banho madrugadora
de chuveiro gelado, todo mundo.
Nunca tomei banho assim, sou infeliz
longe de minhas coisas, meu chinelo,
meu sono só meu, não nesta estepe
de dormitório que parece um hospital.
Mamãe, o dia passou, mas tão comprido
que não acaba nunca de passar.

Um ano à minha frente? Não aguento.
Mas farei o impossível. Me abençoe.
E faz um frio... a caneta está gelada.
Não te mando esta carta
que um padre leria certamente
e me põe de castigo uma semana
(e nem tenho coragem de escrever).
Esta carta é só pensada.

LIÇÃO DE POUPANÇA

Todo aluno tem direito
ao dinheiro do "bolsinho"
para comprar gulodices
e outros gastos fantasistas.

Mas o bolso do uniforme
jamais viu esse dinheiro
fornecido pelos pais.
Fica na tesouraria.

Sexta-feira a gente faz
o pedido por escrito:
"Quero quatro bons-bocados
e um pote de brilhantina."

Domingo no pátio a hora
de entrega das encomendas:
"Não se encontrou bom-bocado,
aqui estão quatro mães-bentas.

Quanto à brilhantina, excede
o limite do bolsinho
e as dimensões da vaidade.
Poupe mais o seu dinheiro."

O DOCE

A boca aberta para o doce
já prelibando a gostosura,
e o doce cai no chão de areia, droga!

Olha em redor. Os outros viram.
Logo aquele doce cobiçado
a semana inteira, e pago do seu bolso!
Irá deixá-lo ali, só porque os outros
estão presentes, vigilantes?

A mão se inclina, pega o doce, limpa-o
de toda areia e mácula do chão.
"Se fosse em casa eu não pegava não,
mas aqui no colégio, que mal faz?"

COMEÇAR BEM O DIA

A missa matinal, obrigação
de fervor maquinal.

Em fila religiosa penetramos
na haendeliana atmosfera do órgão,
no incenso do recinto.
Cada um de nós pensa em outra coisa
diferente de Deus.
Ai, nosso Deus compulsório!
Proibido olhar o fundo da capela
onde rezam as moças de Friburgo,
as inacessíveis, castelanárias
moças friorentas de Friburgo.
Alguma delas me vê, sabe que existo?
Um dia notará que penso nela,
sem que eu saiba sequer em qual eu penso?

Se acaso, prosternado,
eu virasse o pescoço e vislumbrasse
entre rostos o rosto que me espera
e ele me sorrisse,
a vida era de súbito radiante,
o colégio era a Grécia, a Pérsia, o Não Narrável.

Baixo, entanto, a cabeça,
ouço a voz do oficiante, monocórdia.

Convida-me a pastar arrependimento
de faltas nem de longe cometidas,
obscuros crimes em ser.
Moça alguma verei no só relance
de entrada e saída, em fila cega.

A DECADÊNCIA DO OCIDENTE

No ano de 18,
plangem veteranos;
"Nosso jornalzinho
não é mais aquele.
Foi-se a Academia
de jovens talentos.
Os restantes árcades
jogam futebol.
Agora, estilistas,
só na arte do pé.
Somem os poetas,
vão-se os prosadores.
Não há mais cultura
e se depender
dessa geração
de racha-piões,
que irá restar
do nosso idioma
e nossa tradição?
Ah, nos velhos tempos
isso aqui andava
cheio dos Camões,
dos Ruis, dos Bilacs
e dos Castros Lopes...

ESTREIA LITERÁRIA

Desde antes de Homero
a aurora de dedos róseos
pousava todas as manhãs
por obrigação.
Não assim tão róseos.
Nossa aurora particular baixa num vapor
de frio do alto da serra, e mal nos vemos,
errantes, no recreio, em meio a rolos
de névoa.
Outra aurora eu namoro: a *Colegial*.
Quatro páginas. Quinzenal. 300 réis.

"Periódico da Divisão dos Maiores".
Quero escrever, quero emitir clarões
de astro-rei literário em suas edições.
Dão-me, que esplendor, primeira página,
primeira, soberbíssima coluna.
É a glória, entre muros, mas a glória.
Contemplo, extasiado,
o meu próprio talento em letras públicas.
Ler? Não leio não.
Quero é sentir meu nome, com a notinha:
"Aluno do segundo ginasial".

Já são quatro da tarde.
Até agora ninguém
veio gabar-me a nobre criação.

Ninguém gastou 300 réis para me ler?
Será que meu escrito
não é lá uma peça tão sublime?
Decido-me a encará-lo mais a fundo.
Vou me ler a mim mesmo. Decepção.
O padre-redator introduziu
certas mimosas flores estilísticas
no meu jardim de verbos e adjetivos.
Aquilo não é meu. Antes assim,
ninguém me admirar.

O RATO SEM RABO

Que vem fazer este ratão sem rabo
no rancho dos Maiores, provocando
tamanha bulha que derruba a mesa
de pingue-pongue em pleno jogo
e entra o *center-forward* com bola e tudo
no *goal-post* sem *goalkeeper*
e arregaça o prefeito a negra túnica
para correr atrás do bicho insólito
e a disciplina se desfaz em pândega.

Que quer dizer esse rabão sem rato
na ratoeira do pátio dos Médios
despojada de queijo,
senão que nos Médios ninguém sabe
pegar de um rato mais que seu apêndice?

A pau e pontapé vamos caçá-lo
e, está claro, vivo devolvê-lo
com os nossos cumprimentos
ao sítio de onde veio
para que, unindo rabo e rato, aqueles frouxos
saibam matar um rato por inteiro.

COBRINHA

Este salta com uma cobra
na mão.
Que vantagem, pegar em cobra morta?
Decerto nem foi ele quem matou.
Achou a cobra inanimada,
exibe-a qual troféu.

É uma cobra verde – reparamos,
admirável cobrinha toda verde,
lustroso verde nítido novinho
como não é qualquer planta que possui.
Estaco, deslumbrado.
Se eu pudesse guardá-la para mim,
enfeitar a carteira com seu corpo...
— Você me vende essa bichinha?

PAVÃO

A caminho do refeitório, admiramos pela vidraça
o leque vertical do pavão
com toda a sua pompa
solitária no jardim.
De que vale esse luxo, se está preso
entre dois blocos do edifício?
O pavão é, como nós, interno do colégio.

A LEBRE

Apareceu não sei como.
Queria por toda lei
desaparecer num relâmpago.
Foi encurralada
e é recolhida,
orelhas em pânico,
ao pátio dos pavões estupefatos.
Lá está, infeliz, roendo o tempo.
Eu faço o mesmo.

MARCAS DE GADO NA ALMA

Bicanca, Sapo Inchado, Caveira Elétrica,
Pistola Dupla, Zé Macaco, Apara Aí,
Quisira,
Marreco,
Massa Bruta...
Ainda bem que o apelido de Anarquista
tem certa dignidade assustadora.
Isso consola?

LORENA

Lorena, contemplado com malícia,
deixa-se estar, languidamente efebo.
Bailam, sob a atração de luz ambígua,
em seu redor, mutucas de desejo.

E Lorena sorri, sua cabeça
responde *não* aos gestos insistentes.
Que matéria excitante para o arpejo
noturno, antes-depois da penitência!

Dormir sonham os Grandes com Lorena,
mas onde? quando? se este ano letivo
dura uma eternidade, pelo menos,

e depois vem o tempo, o tempo livre
de viajar na coxa das mulheres,
e Lorena se esgarça na lembrança?

A BANDA GUERREIRA

Maestro Azevedo, em hora de inspiração,
compõe a *Marcha de continência*
que a banda executa com bravura
dócil.
Vêm depois *Salut au drapeau*, de Van Gael,
Per la bandiera, de Lamberti.
Sem esquecer, meu Deus, a *Canção do soldado*
que nos acompanha até no passeio geral,
espontânea, sem banda, imperiosa,
no garganteio, no assobio.

As bandas!
Para isso existem elas
e também para dispensar de aula
os músicos na hora de ensaiar.
Se eu soubesse tocar alguma coisa
no mínimo instrumento
(ao menos fingir que...)
Nada, rendosamente nada.
Tenho que marchar, canhestro, em continência.

ORQUESTRA COLEGIAL

Strutt e Mancini, os dois maestros,
me levam para o outro lado da música.
O cisne de Saint-Saëns é um lírio no lago
do violino.
Grieg ressoa em primavera.
Manon
Massenet
minueto
mais a sonata de Corelli, a *Berceuse* de Weber...
e já bêbados
de celeste piano e de sublimes cordas,
ouvimos, cochilando,
o *Noturno* de Chopin e o noturno de Strutt
pela mesma orquestra, sob a mesma
chuva estrelada de palmas das famílias presentes.

ARTISTAS ADOLESCENTES

O piano de Mário,
o violoncelo de Luís Eduardo,
o violino de Clibas,
quem, entre Grandes, Médios e Menores,
suplantará?

O piano, talvez, de Luís Cintra?
O violoncelo de Henrique?
O violino de Vítor Saraiva?
Alguém, ainda, que vai nascer?

Empate. Empate. Empate. O jeito
é fazer com que toquem sempre aos pares,
imbatíveis.

SESSÃO DE CINEMA

Não gostei do *Martírio de São Sebastião*.
Pouco realista.
Se caprichassem um tanto mais?...
Prefiro mil vezes *Max Linder Asmático*.

Ah, que não tarde a vir do Rio
o anunciado *Catástrofe justiceira*.
Deve ser formidável.
Repito baixinho:
Catástrofe justiceira. Catástrofe.
Que pensamento diabólico se insinua
no gozo destas sílabas?
Até agora só tivemos
coisas como *O berço vazio*,
O pequeno proletário,
Visita ao Jardim Zoológico de Paris.

Não me interessam documentários insípidos.
Quero uma boa catástrofe bem proparoxítona,
mesmo não justiceira. Mesmo injusta.
Será que na sessão do mês que vem
terei este prazer?

VERSO PROIBIDO

Há os que assobiam *Meu boi morreu,*
os que cantarolam *Luar do sertão.*
O 48, da Divisão dos Médios,
embala o pensamento repetindo:
> *Santo Inácio de Loiola,*
> *fundador desta gaiola*

Vai distraído pelo pátio.
Escutam-no, levam-no à cafua
Em vão tenta explicar
que o verso não é seu,
é de todo mundo,
é de ninguém.
Fica em solidão o tempo necessário
para aprender, contrito,
que com Santo Inácio não se brinca
nesta gaiola.

RECUSA

Não entendo, não engulo este latim:
Perinde ac cadaver.
"Você tem que obedecer como um cadáver."

Cadáver obedece?
Tanto vale morrer como viver?
Para isso nos chamam, nos modelam?

Bem faz Padre Filippo:
cansado de obedecer, vai dar o fora
para viver no mundo largo
a fascinante experiência de só receber ordens
do seu tumultuoso coração.

INVENTOR

Entre Deus, que comanda,
e guris, que obedecem,
entre aulas a dar
o mês inteiro, a vida inteira, a inteira eternidade
(não cresça o Brasil afastado da ciência
nem do Senhor acima de toda ciência)
e sob a esperança do Paraíso,
o padre português, no confessionário,
antes que o pecador
debulhe seus pecados
indaga:
"Quantas vezes mexeste no pirolito?"
Finda a obrigação,
recolhe-se ao quarto ascético,
dedica-se ao aperfeiçoamento
de sua invenção, o ovoscópio,
que identifica os ovos chocos
e os separa dos bons,
assim como Deus, no Juízo Final,
vai separar as almas santas e as corruptas.

O SOM DA SINETA

Já não soa a sineta
com a mesma nitidez.
Não aprende Alaor
a modelar o som.
Rotina de internato
era esperar o toque
tornado familiar
até para acordar.
O tocador bisonho
lanha nosso equilíbrio.
Éramos resignados,
eis-nos hoje assustados.

Que nos promete o dobre
irregular e seco?
O som antigo evola-se,
deixa baixar o medo.

ENIGMA

Para merecer alto louvor,
chegar talvez aos pés de Lídio, o sábio,
que todas as medalhas arrebata
e mais arrebatara se as houvera,
terei de decifrar no jornalzinho
enigmas como este:
Quel est le célèbre empereur romain
qui n'avait pas le nez pointu?

Como saber, Jesus, se eles são mil
e nunca reparei em seus narizes?
Se o compêndio não dá senão uns raros
rostos glabros, de nariz romano?
Qual será: Calígula, Tibério?
Vitélio, Petrônio Máximo, Elagábalo?

Desisto de encontrar
a linha de um nariz,
a marca de um perfil,
a sorte de um aplauso.
— *Néron (nez rond)* sorri, piscando o olho,
o Padre Rubillon
ao avaliar a rasa superfície
de minha rasa ignorância.

SOMEM CANIVETES

Fica proibido o canivete
em aula, no recreio, em qualquer parte
pois num país civilizado
entre estudantes civilizadíssimos,
a nata do Brasil,
o canivete é mesmo indesculpável.

Recolham-se pois os canivetes
sob a guarda do irmão da Portaria.

Fica permitido o canivete
nos passeios à chácara
para cortar algum cipó
descascar laranja
e outros fins de rural necessidade.

Restituam-se pois os canivetes
a seus proprietários
com obrigação de serem recolhidos
na volta do passeio, e tenho dito.

Só que na volta do passeio
verificou-se com surpresa:
no matinho ralo da chácara
todos os canivetes tinham sumido.

CAXERENGUENGUE

Não é à toa que Sabino, dos Maiores,
à falta de instrumentos confessáveis,
monta a indústria do caxerenguengue.
E afia fino o fio enferrujado,
alisa a lâmina sem cabo
que encontrou não sei onde, obstinado
à procura de ferro-aço cortante.

Trabalhando em surdina, já prepara
três caxerenguengues razoáveis.
Vou aperfeiçoar – diz ele – o meu produto,
é claro, não já por um mil-réis.

Cada cliente dele, sub-reptício,
porta em sigilo a arma bem brunida
que um dia servirá para ajudar
Nat Pinkerton na luta contra Raffles
o gatuno elegante,
ou, quem sabe? Raffles contra Nat,
além de préstimos menores e pacíficos.
Exemplo: o doce préstimo
de ter algo escondido em nossa vida.

180

PASSEIO GERAL

Uma vez por mês
café da manhã
com pão e manteiga.
Nesse pão de sempre
a manteiga é signo
de um dia feliz.
Uma vez por mês
passeio geral.
Saímos aos três
em fila informal,
vigilante ao lado,
no rumo sabido:
chácara do Braga.
Manhãzinha branca,
fantasmas nevoentos
saindo da bruma,
passamos na ponte
do Rio Bengalas.
Latões de tutu,
de linguiça e arroz
vão na carrocinha.
Uma vez por mês
é a liberdade
ou seu faz de conta
por algumas horas:
água, mato, riso,

canto, bola, gruta
onde se penetra
um de cada vez
e só entra quem
no peito escorraça
outro candidato.
Lá dentro gritamos
sob o teto baixo
chamando o paciente
mistério do eco.
Diverte-se o medo
na volta instantânea
ao adormecido
homem da caverna.
Que estrondo lá fora
transforma o brinquedo
em puro terror?
Os maximalistas
chegam a Friburgo
instaurando a guerra
em pleno passeio?
Saio a quatro pernas:
o boneco estranho,
o bicho-preguiça
que o Irmão Primavera
preparou com arte
e gordo recheio
de bombas e traques
explode na luz
qual fosse o demônio.
Uma vez por mês
acontecem coisas
não convencionais.

Sentados no chão
ou em tocos de árvore
nosso piquenique
é comer de deuses.
Come-se dobrado,
come-se com fome
de comer o raro
prazer do ar livre.
Mas que é isso? Um pingo,
outro pingo, pingos
na minha comida
que já se derrete
sob a chuva forte.
Depressa, correr
e pedir abrigo
na casa do Braga
onde uma sanfona
acompanha lenta
o chicote rápido
da chuva nas folhas.
Uma vez por mês
essa expectativa
de um dia feliz
ou dia frustrado.
Vigilante ao lado,
em fila de três
depois da estiada
a volta na lama
do chão encharcado.
Todo um mês à frente
a passar na espera
dessa vez por mês.

183

POSTOS DE HONRA

148 generais à frente de três Divisões
– Pequenos, Médios e Maiores.
Incontável o número de coronéis.
Estarei no colégio ou isto é o Exército?
Se os coronéis anelam promoção,
podem os generais ser rebaixados.
Cada patente não dura mais do que dois meses.

Eu, general, neste bimestre?
Só porque estudei cem réis de geografia,
duzentos réis de português?
Meu Deus, é muita glória
para tão frágeis ombros ignorantes.
Jamais serei general em aritmética.

CAMPEONATO DE PIÃO

Bota parafuso no bico do pião.
Bota prego limado, bota tudo
pra rachar o pião competidor.
  Roda, pião!
  Racha, pião!

Se você não pode rachar este colégio
nem o mundo nem a vida,
racha pelo menos o pião!
(Mas eu não sei, nunca aprendi
rachar pião. Imobilizo-me.)

DORMITÓRIO

Noite azul-baço no dormitório onde três lâmpadas
de tom velado controlam minha ensimesmada quietude.
Que faço aqui, longe de Minas e meus guardados,
neste castelo de aulas contínuas e rezas longas?

Prisão de luxo, todo conforto, luz inspetora
de sonhos ilícitos. Joelho esticado: nenhuma saliência
a transgredir a horizontal postura de sono puro.
Fria Friburgo, mas aqui dentro a paz de feltro.

No azul mortiço de oitenta camas, boiam saudades
de longes Estados, distintas casas, tantas pessoas.
Incochilável, o irmão-vigilante também passeia
sob cortinas sua memória particular?

Uns já roncando. O azul nublado envolve em rendas
de morte vaga os degredados filhos-família.
Fugir, nem penso. Mas fujo insone, meu pensamento
alcança o longe, apalpo-me egresso do grande cárcere.

Vou correndo, vou voando,
chego em casa de surpresa,
assusto meu pai-e-mãe:
— Não quero, não quero mais,
não quero mais voltar lá.
(É tudo que sai da boca,
é tudo que sei dizer.)

— Que papelão!
Se não voltar, te castigo,
te deserdo, te renego.
O dinheiro posto fora,
as esperanças frustradas,
botarei na tua conta
em cifras de maldição.
— O que o senhor fizer
está bem feito, acabou-se,
mas não me tire de junto
da família e do meu quarto.
Me ponha tangendo gado
ou pregando ferradura,
me faça catar café,
aos capados dar lavagem,
mas eu não volto mais lá.
É bom demais para mim,
é tudo superior,
mas lá eu sou infeliz,
lá eu aprendo obrigado,
não por gosto de aprender.
Tem hora de liberdade
e hora de cativeiro
mas a segunda é total,
a primeira, imaginária.
Tem hora de se explicar,
hora de pedir desculpa,
hora de ganhar medalha,
hora de engolir chacota
(é a hora de ler a nota
do nosso comportamento),
hora de não reclamar,
hora de...

Por Deus, não quero voltar
a esse estranho paraíso
calçado de pão de ló,
futebol e humilhação.
— Já disse: está decidido.
Some da minha presença.
— Papai!...

A tosse ao lado me traz de volta ao azul-penumbra.
Quando termina, se é que termina, o meu exílio?
Que tempo é novembro, se ainda há novembro no calendário?
Na noite infinda, por que minha noite ainda é maior?

Fugir não adianta. Não adianta senão: dormir.

DIREITO DE FUMAR

O pensamento de cigarro
vem, ondulante, frequentar-me,
eu que não fumo.
Bem que o pai podia consentir:
"O 74 está crescido,
pode fumar dois Sônia por semana."
Assim decide a lei,
aos Grandes permissiva,
quando o pai autoriza esse limite.
Privilégio de Grandes, e sou Grande.
Hei de fingir que fumo, se puder
levar à boca este direito
e à vista de todos a eminência
de ser fumante às claras.

Mas se eu pedir ao pai e ele me nega?
Pior: se ele concede?
Não sei, não sei tragar
(tragar, essencial entre varões).
Abomino o que sonho, me divido
e dividido entro na conjura
escusa dos fumantes clandestinos.

Atento às numerosas portas de privadas,
o Prefeito não vê que em cada uma
no tampo da latrina
um toco de cigarro está à espera

de ser fumado e conservado
para outro fumante e mais um outro
até que apenas cinza
desapareça na descarga.
Um infinito resto de cigarro,
mais duradouro que o cigarro inteiro,
e ai de quem esgote essa riqueza
ainda a tantos outros destinada.

Mas qual o desgraçado
a sair de boca aberta, revelando
o cheiro do prazer, ou que lá dentro
fez soltar a treda fumacinha
que a discrição das portas atravessa
e acaba com a festa das baganas
antes que eu (e sou Grande) participe?

PUNIÇÃO

"74, fique de coluna."
Lá vou eu, de castigo, contemplar
por meia hora o ermo da parede.

Meia hora de pé, ante o reboco,
na insensibilidade das colunas
de ferro (inaciano?) me resgata.

Eis que eu mesmo converto-me em coluna,
e já não é castigo, é fuga e sonho.
Não me atinge a sentença punitiva.

Se pensam condenar-me, estão ilusos.
A liberdade invade minha estátua
e no recreio ganho o azul distância.

ARTE FULMINADA

O tapete de areia colorida
que vamos delineando no recreio
há de ser celebrado toda a vida
como arte maior do nosso tempo.

O risco não é nosso. Irmão Luís
concebeu o mirífico traçado,
mas se ajudo na obra estou feliz.
Cada bloco amarelo é meu florão.

Medieval já me sinto a construir
a catedral em ouro friburguense,
em parte, pelo menos, coisa minha.

Contemplo a criação. Deus fez o mesmo?
Talvez. E enciumado, num momento,
destrói nosso tapete a chuva e vento.

SACRIFÍCIO

— Otávio, Otávio, que negócio é este?
Vadias ano inteiro e te despedes
com o peito faiscando de medalhas.

— É, troquei-as por bombas e brioches
semana após semana, mês a mês,
e muito me custou esta grandeza.
Passei fome... e alimento-me de glória.

ESPLENDOR E DECLÍNIO DA RAPADURA

Os meninos cariocas e paulistas
de alta prosopopeia
nunca tinham comido rapadura.
Provam com repugnância
o naco oferecido pelo mineiro.
Pedem mais.
Mais.
Ao acabar, há um pequeno tumulto.

Daí por diante todos encomendam
rapadura.
Fazem-se negócios em torno de rapadura.
Há furtos de rapadura.
Conflitos por causa de rapadura.

Até que o garoto de Botafogo parte um dente
da cristalina coleção que Deus lhe deu
e a rapadura é proscrita
como abominável invenção de mineiros.

FÓRMULA DE SAUDAÇÂO

"As flores orvalhadas
parecem pressurosas
de ofertar
ao amado Reitor
ao bondoso Ministro
ao querido Prefeito
a fragrância de suas pétalas.
Colhei-as e aspirai-as
e que o suave olor
por elas derramado
vos permita esquecer
pequenos dissabores
passageiros desgostos
que nossa irreflexão
já vos tenham causado.
Arrependidos pois,
ousamos implorar
um indulto completo,
bem assim prometemos
envidar mil esforços
para que dora em diante
nosso procedimento
só vos desperte júbilo
como indenização
pelo passado.
Feliz aniversário,
muitas felicidades!"

DISCURSOS

Chegam os padres de Paris.
São festejados com discursos.
Fazem anos os padres importantes.
Envolve-os o aroma de discursos.
Convalescem os padres de sombrias
pneumonias duplas.
Em discursos a alta se proclama.

Que fizeram de imenso?
Chegaram,
aniversariaram,
enfermaram,
escaparam.

A oratória celebra estes prodígios
em tropos sublimes. Como falam
bonito meus colegas.
Que anástrofes, metáforas, perífrases,
que Cíceros, Demóstenes e Ruis.
Na aula de Português eles nem tanto.
Mas é soltar o verbo, e jorram
estrelas em forma de vocábulos
para saudar nossos amados guias.
O espírito da eloquência
baixa de não sei onde e lhes inspira
rasgos terreais de Mont'Alverne.

É pena: ainda não vi
ninguém fazer um discursinho mesmo chocho
ao Irmão Falcão, enaltecendo
a grata, oportuna cervejinha
por ele fabricada.

RETIRO ESPIRITUAL

Padre Natuzzi, voz de ouro,
fala do céu, essa infinita aurora
a que seremos todos transportados
se.

Fala também do abismo arquimedonho
em que, a gordurosas culpas amarrado,
de ponta-cabeça irei precipitar-me
se.

Nem preciso escutá-lo.
É pregador tão célebre, sua prédica
penetra na consciência sem passar
por distraída orelha.
Já deliberei: a santidade
é meu destino.

Juiz não quero ser, nem artilheiro,
médico, romancista ou navegante.
Quero ser e vou ser: apenas
santo.
Pode voltar, Padre Natuzzi, descansado.

Em beatitude sorvo o almo silêncio
do pátio onde passeiam pensativos
os de ontem ruidosos palradores.
A alma! A alma! Que beleza é a alma!

198

Ela salva! E eu salvo com ela...
se não fosse
esse colega aí, rangente, a remoer
em voz informativa autorizada
vidas de santos, único a falar,
perturbando a minha salvação.

E santo já não sou,
mas barro e palavrão,
humana falha, signo terrestre.

O COLEGIAL E A CIDADE

Fizeram bem os suíços
fundando Nova Friburgo,
pois um século depois
esta semana de festas
celebra o acontecimento.
Menos aulas; mais saídas.
Vamos cantar pelas ruas
louvores a Deus e à Pátria
mas vamos principalmente
ver as doces friburguenses
com quem sonhamos à noite
e mesmo durante o dia,
sonhamos... sem esperança.
Barcos no Rio Bengalas
despertam admiração
e mitos venezianos.
Pudéssemos nós levar
essas meninas nos barcos
e de rio em rio até
às ondas do mar infindo
para cruzeiros bem longe
dos padres que nos vigiam...
Carlos, não pense mais nisso,
contente-se em ver as flores
desabrochadas adrede
para exaltar os suíços.

Entre os alunos, cantores
de bela voz empostada
na missa campal entoam
motetes bem ensaiados.
Têm seu minuto de glória.
Você não sabe cantar.
Pegou então a espingarda,
saiu fardado e chibante
(não muito, é claro), formando
no batalhão escolar,
Tenente Brasil à frente,
nessa rude caminhada
ao ritmo da *Pátria Amada*.
Dor nas costas! A que vieram
esses suíços? Fundaram
sua colônia, e um colégio
depois se plantou aqui?
Estava bem descansado
em meu sobrado mineiro,
era rei da minha vida,
imperador de mim mesmo,
e agora essa confusão.
Friburgo Futebol Clube
acolhe nossos dois times.
Por 4 a 1 os vermelhos
ganham folgado dos pretos.
Você nem é dos vencidos.
Que faz aí, de boboca?
Já vem a sombra caindo
sobre o musgo das encostas
e os alados movimentos
e os bigarrados vestidos
das moças perturbadoras

em grupos pelos canteiros.
E quando a tarde falece
fica tudo mais difícil
no peito de aluno interno.
Adeus, cidade, adeus, vida
cá fora rumorejante.
Pior ainda na tarde,
pois já se acendem os fogos
da noite festejadora.
Toda Friburgo relumbra
de luzes especiais
e nós só podemos vê-las
do interior do chatô
como os cativos de Antero,
lidos em livro escondido,
contemplam o firmamento.
É nisso que dão leituras
de poesias sombrias.
A noite do centenário
da chegada dos suíços
é noite maior na gente.
Sentir que lá fora estão
se divertindo fagueiros,
que há risos, beijos, cerveja
e não sei mais que delícias,
e eu aqui me torturando
com tábua de logaritmos...
Vão pro inferno os centenários!

CERTIFICADOS ESCOLARES

I

Do certame literário
neste grande educandário,
o nosso aluno mineiro,
pacato, aplicado, ordeiro,
sai louvado com justiça,
por ter galgado na liça
este sonhado ouropel:
o posto de coronel
em francês, inglês, latim.
Que Deus o conserve assim.

II

Em literário certame
após rigoroso exame
escrito, oral e o que mais,
de resultados cabais,
o nosso caro estudante
discreto, pouco falante,
conquistou em Português,
sem mas, porém ou talvez,
o ápice colegial
dos galões de general.

III

Por seu bom comportamento
em cada hora e momento,
seja em aula ou no recreio,
na capela ou no passeio,
acordado e até no sono
(do que todos dão abono),
receberá hoje ufano
o prêmio maior do ano,
e que em silêncio não passe:
medalha de prima classe.

IV

Que resta fazer agora
no adiantado da hora
de nossa faina escolar
em forma complementar
com relação a este aluno
e que se torne oportuno
para melhor prepará-lo
qual adestrado cavalo,
da vida no páreo duro?
Que seja expulso – no escuro.

ADEUS AO COLÉGIO

I

Adeus colégio, adeus vida
vivida sob inspeção,
dois anos jogados fora
ou dentro de um caldeirão
em que se fritam destinos
e se derrete a ilusão.
Já preparo minha trouxa
e durmo na solidão.
Amanhã cedo retiro-me,
pego o trem da Leopoldina,
vou ser de novo mineiro.
Da angústia a lâmina fina
começa a me cutucar.
É uma angústia menina,
ganhará forma de cruz
ou imagem serpentina.
Sei lá se sou inocente
ou sinistro criminoso.
Se rogo perdão a Deus
ou peço abrigo ao Tinhoso.
Que será do meu futuro
se o vejo tão amargoso?
Sou um ser estilhaçado
que faz do medo o seu gozo.

II

Nada mais insuportável do que essa viagem de trem.
Se me atirassem no vagão de gado a caminho do matadouro
talvez eu me soubesse menos infeliz.
Seria o fim, e há no fim uma gota de delícia,
um himalaia de silêncio para sempre.
Não quero ouvir falar de mim.
Não quero eu mesmo estar em mim.
Quero ser o barulho das ferragens me abafando,
quero evaporar-me na fumaça,
quero o não querer, quero o não-quero.
Como custa a chegar o chão de Minas.
Será que se mudou ou se perdeu?
Olho para um lado. Para outro.
O esvoaçar de viuvez
no todo preto da senhora à esquerda,
no preto dos vestidos, das meias e sapatos
de duas mocinhas de olhos baixos,
não tão baixos assim. Essa os levanta
cruza com os meus, detêm-se. O luto evola-se.
É um dealbar no trem tristonho,
sonata em miosótis, aragem na avenca
súbito surginte
em jarra cristalina.
Cuidados meus, desgraças minhas,
eia, fugi para bem longe.
O idílio dos olhos vos expulsa,
como expulso fui eu, ainda há pouco,
de outra forma – que forma? nem me lembra.
Vem do céu a menina e a ele me leva,
leves, levíssimos os dois.
Palavra não trocamos: impossível
mãe presente.

E para que trocá-las, se nem sei
se vigoram palavras nesta esfera
diáfana, a que me vejo transportado?
Nem ideia de amor acode à mente,
que o melhor de amar não é dizer-se,
nem mesmo sentir-se: é nos abrir
a mais sublime porta subterrânea.
Estou iluminado
por dentro, no passado,
no futuro mais longínquo
e meu presente é não estar no tempo
e alçar-me de toda contingência.
De banco de palhinha a banco de palhinha,
entre fagulhas de carvão
fosforescentes na vidraça,
entre conversas e pigarros,
diante do chefe de trem que picota bilhetes,
torna-se a vida bem não desgastável
se a menina sorri
quase sem perceber que está sorrindo.
Nem a irmã reparou. Mas eu colhi
a laranja de flores deste instante
que vou mastigando como um deus.
Foi preciso sofrer por merecê-la?
Agora que a alcancei, não deixo mais
este comboio, este sol...

III

Por que foi que inventaram
a estação de Entre Rios?
E por que se exige aqui baldeação
aos que precisam de Minas?

Já não preciso mais. Vou neste trem
até o infinito dos seus olhos.
Advertem-me glacialmente:
"Tome o trem da Central e vá com Deus".
Como irei, se vou sozinho e sem mim mesmo
se nunca mais, se nunca mais na vida
verei essa menina?
Expulso de sua vista
volto a saber-me expulso do colégio
e o Brasil é dor em mim por toda parte.

MOCIDADE SOLTA

A CASA SEM RAIZ

A casa não é mais de guarda-mor ou coronel.
Não é mais o Sobrado. E já não é azul.
É uma casa, entre outras. O diminuto alpendre
onde oleoso pintor pintou o pescador
pescando peixes improváveis. A casa tem degraus de mármore
mas lhe falta aquele som dos tabuões pisados de botas,
que repercute no Pará. Os tambores do clã.
A casa é em outra cidade,
em diverso planeta onde somos, o quê? numerais moradores.

Tem todo o conforto, sim. Não o altivo desconforto
do banho de bacia e da latrina de madeira.
Aqui ninguém bate palmas. Toca-se campainha.
As mãos batiam palmas diferentes.
A batida era alegre ou dramática ou suplicante ou serena.
A campainha emite um timbre sem história.
A casa não é mais a casa itabirana.

Tenho que me adaptar? Tenho que viver a casa
ao jeito da outra casa, a que era eterna.
Mobiliá-la de lembranças, de cheiros, de sabores,
de esconderijos, de pecados, de signos,
só de mim sabidos. E de José, de mais ninguém.

Transporto para o quarto badulaques-diamante
de um século. Transporto umidade, calor,

margaridas esmaltadas fervendo
no bule. E mais sustos, pavores, maldições
que habitavam certos cômodos – era tudo sagrado.

Aqui ninguém morreu, é amplamente
o vazio biográfico. Nem veio de noite a parteira
(vinha sempre de noite, à hora de nascer)
enquanto a gente era levada para cômodos distantes,
e tanta distância havia dentro, infinito, da casa,
que ninguém escutava gemido e choro de alumbramento,
e de manhã o sol era menino novo.

Faltam os quadros dos quatro (eram quatro continentes:
América Europa Ásia África) mulheres
voluptosamente reclinadas
em coxins de pressentidas safadezas.
A fabulosa copa onde ânforas
dormiam desde a festa de 1898
guardando seus tinidos subentendidos,
guardando a própria cor enclausurada.
O forno abobadal, o picumã
rendilhando barrotes na cozinha.
E o que era sigilo nos armários.
E o que era romance no sigilo.
Falta...
Falto, menino eu, peça da casa.

Tão estranho crescer, adolescer
com alma antiga, carregar as coisas
que não se deixam carregar.
A indelével casa me habitando, impondo
sua lei de defesa contra o tempo.
Sou o corredor, sou o telhado

sobre a estrebaria sem cavalos mas nitrindo
à espera de embornal. Casa-cavalo,
casa de fazenda na cidade,
o pasto, ao Norte; ao Sul, quarto de arreios,
e esse mar de café rolando em grão
na palma de sua mão – o pai é a casa
e a casa não é mais, nem sou a casa térrea,
terrestre, contingente,
suposta habitação de um eu moderno.

Rua Silva Jardim, ou silvo em mim?

O PEQUENO COFRE DE FERRO

Arrombado
vazio. Quem roubou?
Eu, talvez,
que me acuso de todos os pecados
antes que alguém me acuse e me condene.
Não fui eu ou fui eu?
Quem sabe mais de mim do que meu dentro?
E meu dentro se cala
omite seu obscuro julgamento
deixando-me na dúvida
dos crimes praticados por meu fora.

RESULTADO

No emblema do amor
o fogo
no bloco da vida
a fenda
na blindagem do medo
o fato.

Íntimos badalos balem
vergonha tristeza asco
blen blen blen
                    orragia.

ENGATE

O morto no sobrado
no porão a mulata
a pausa no velório
o beijo no escurinho
a pressa de engatar
o sentido da morte
na cor de teu desejo
que clareia o porão.

O morto nem ligando.

DORMIR NA FLORESTA

Dormir na Floresta
é dormir sem feras
rugiameaçando.
(A Floresta, bairro
de jardins olentes
com leões cerâmicos
a vigiar portões
e sonhos burgueses
de alunas internas
do Santa Maria.)
Dormir na Floresta
é dormir em paz
de família mineira
para todo o sempre
garantida em bancos
e gado de corte,
seguro de vida
na Equitativa,
crédito aberto
no Parc Royal,
guarda-chuva-e-vento
do P. R. M.,
indulgência plena
do Vaticano.
E ter a certeza,
na manhã seguinte,

de bom leite gordo
manado de vacas
da própria Floresta,
de bom pão cheiroso
cozido nos fornos
da Floresta próvida.
Dormir na Floresta
é esquecer Lenine,
o Kaiser, a crise,
a crase, o ginásio,
restaurar as fontes
do ser primitivo
que era todo lúdico
antes de sofrer
o esbarro, a facada
de pensar o mundo.
Mas de madrugada
ou talvez ainda
na curva das onze
(pois se dorme cedo
na Floresta calma,
de cedo acordar),
um lamento lúgubre,
um longo gemido,
um uivo trevoso
de animal sofrendo
corta o sono a meio
e todo o sistema
de azul segurança
da Floresta rui.
Que dor se derrama
sobre nossas camas
e embebe o lençol

de temor e alarma?
Que notícia ruim
do resto da Terra
não compendiado
em nossos domínios
invade o fortim
da noite serena?
Logo nossas vidas
e mais seus problemas
despem-se, descarnam-se
de todo ouropel.
Já não somos os
privilegiados
príncipes da paz.
Já somos viventes
intranquilos, pávidos,
como os da Lagoinha
ou de Carlos Prates,
à mercê de furtos,
de doenças, fomes,
letras protestadas,
e pior do que isso,
carregando o mundo
e seus desconcertos
em ombros curvados.
Eis que se repete
o pungente guai,
perfurando as ruas
e casas e mentes
com seu aflitivo
doer dor sem nome.
De onde vem, aonde
vai, se vai ou vem?

Triste, ferroviário
apito de máquina
da Oeste de Minas
manobrando insone,
paralelo ao rouco
ir e vir arfante
de locomotiva
da Central, rasgando
a seda sem ruga
de dormir sem dívidas,
cobrando a vigília,
o amargo remoer
da consciência turva.
Não parte, não volta
de nenhum destino
o trem espectral,
roda sem horário,
passageiro ou carga,
senão nossa carga
interior, pesada,
de carvão, minério,
queijo de incertezas,
milho de perguntas
? ? ? ? ? ? ? ?
gado de omissões.
Fero, trem noturno
a semear angústia
na relva celeste
da Floresta em flor.

DOIS FANTASMAS

O fantasma da Serra,
natural de Ouro Preto,
ninguém mais fala nele.
Desistiu; apagou.
Nos lentos, velhos tempos
cumpria seu destino
com toda a sisudez.
Era grave, pontual,
a ninguém assustava.
Surgia à meia-noite
e trinta, ponderado,
no nevoeiro de junho,
a pessoas seletas
que voltavam de festa.
Deixava-se ficar
junto a portões de chácaras
e lembrava sem gesto
a convivial presença
das almas-do-outro-mundo
no coração mineiro.
Há muito ninguém volta
de festa na Floresta
ou qualquer outro bairro.
A rua embalsamada
permanece vestida
de solidão-magnólia.

Por falta de assistentes,
retira-se o fantasma
rumo ao País do Tédio.
Chega a vez do avantesma
da popular Lagoinha,
noutro extremo da vida.
Sinal de coisas novas.
É excêntrico, forja
diabruras cruéis.
Espanta motorneiros
sentando-se entre os trilhos
sem mover uma palha
se o bonde tilintante
desce a rampa. Conserva-se
em calmo desafio
à potência rangente.
O motorneiro, morto,
de pavor, pula fora,
o condutor imita-o,
os raros passageiros
dessa hora glacial
aos gritos se levantam,
e no tremendo instante
de esmagar o duende
ou de morrermos todos,
ele, o senhor de preto,
sem rosto, mas sarcástico
na postura insolente,
dissolve-se qual sonho
que não quer ser sonhado.
Em estrondar de rodas
de súbito freadas,
o pesadelo extingue-se.

Apenas se distingue
no interior do bonde
o convulsivo choro,
e na rua-teatro
ao sol da lua-cheia,
vago cheiro de enxofre.

NINFAS

Agora sei que existem ninfas
fora das estampas e dos contos.
São três.
Bebem água publicamente
servida por uma sereia,
pois que também existem as sereias
na composição de verde e mármore
e é tudo fantástico no jardim
em frente do Palácio do Governo.

BAR

Ciprestes e castanheiros
em torno deste bar rústico
vão tornando mais ilustre
o consumo de cerveja.

Mas são ciprestes pirâmides
e castanheiros truncados
em volta de mãos vorazes,
tecendo ramas polêmicas.

Como se papa um sanduíche,
a decoração se come?
Este lugar, eu o amo
ou não se fala mais nisto?

HINO AO BONDE

Os derradeiros carros de praça
recolhem seus rocinantes esquálidos
à cocheira do esquecimento.
Os próprios cocheiros se desvanecem
no crepúsculo da Serra do Curral.
Meia dúzia de automóveis à sombra dos fícus
espera meia dúzia de privilegiados
que vão cumprimentar o Presidente do Estado
em seu bastião florido da Praça da Liberdade.
O mais? Andar a pé
quilômetros de terra vermelha sossegada,
e bondes.
Os caluniados bondes da Empresa Carvalho de Brito,
os admiráveis bondes, botas de sete léguas
de estudantes, funcionários, operários,
desembargadores, poetas, caixeiros.
O bonde, sede da democracia em movimento,
esperado com pachorra no Bar do Ponto
nos abrigos Pernambuco e Ceará,
o arejado, pacífico, oportuníssimo
salão onde se leem de cabo a rabo
o expediente das nomeações e demissões
nas páginas sagradas do *Minas Gerais*
e as verrinas amarelas dos jornalecos da oposição.
Bonde onde se conversa
a lenta conversa mineira de Ouro Preto,
Pirapora, Guanhães, Itapecerica.

Onde se namora debaixo do maior respeito,
com olhares furtivos que o pai da moça não percebe.
(Ah! se percebesse!...)
Bonde turístico, antes que o turismo seja inventado.
Vamos dar a *volta-Ceará*?
Por um tostão passamos em revista
palacetes *art-nouveau* novinhos em folha,
penetramos no verde mistério abissal da Serra,
onde cada inseto é uma nota de música
e as águas gorgolejam em partita de Bach.
Por um tostão as lonjuras do Prado Mineiro,
onde ainda se escuta, se nascemos nostálgicos,
o pacapacá dos cavalinhos brincando de Derby.
Um tusta apenas e é a ridente Floresta,
seu Colégio Santa Maria, cheio de meninas
(ainda não se usa a palavra garota)
que vão num bonde mágico e nele retornam
para o rápido cruzamento em que, do nosso bonde,
sentimos passar a graça das sílfides
e o esvoaçar das libélulas
inalcançável.
É tudo inalcançáveis na cidade,
por isso mais lindo.
Viajamos pelos países modestos de Carlos Prates
e Lagoinha, pelo país violáceo do Bonfim,
vejo minhas primas meninas
se arredondarem no Calafate,
e há sempre uma cor a descobrir,
um costume singelo, o portão de um alpendre
com pinturas a óleo de castelos
que são o outro lado de Minas: o irreal.
Andar de bonde é meu programa,
voltar do fim da linha,

mudando eu mesmo o banco para a frente.
Confiro os postes, as pessoas
pontuais na hora de subir.
Adoro o bonde deserto das madrugadas
que abre um clarão nas rampas e, rangendo
nas curvas, rasga o sono,
impondo o mandamento de viver,
até mesmo no túnel da noite.
Suave bonde burocrático, atrasado bonde sob a chuva
que molha os bancos sob cortinas emperradas,
bonde amarrado à vida de 50
mil passageiros, minha gôndola,
meu diário bergantim, meu aeroplano,
minha casa particular aberta ao povo,
eu te saúdo, te agradeço; e em pé no estribo,
agarrado ao balaústre,
de modesto que és, faço-te ilustre.

A HORA FINAL

O funcionário *smart* da Delegacia do Tesouro Nacional,
o escrevente do cartório de protesto de títulos,
o moço bacharel violento mas generoso,
o poeta revisor do *Minas Gerais*,
o chefe político do Mutum aguardando há seis meses
(falhou na última eleição)
ser recebido no Palácio da Liberdade,
os velhos e novos frequentadores da noite,
lenta noite apitada de guardas-civis nas esquinas de sono,
as moças do cabaré com seus últimos bocejantes clientes
estão todos sentados
no restaurante Guarani da madrugada
comendo o mesmo indefectível,
arquitetônico, monumental
bife a cavalo de 1920.

VIGÍLIA

A qualquer hora do dia ou da noite,
o ano inteiro, a vida inteira,
os padres da Boa Viagem,
os padres de Santa Efigênia dos Militares
atendem a chamados para confissão de agonizantes.
Sai aviso no *Minas*
e a morte, que paira sobre Belo Horizonte
e sobre todas as cidades, em qualquer tempo,
sente limitado o seu poder.
Já não chega à traição,
já não golpeia sem que o pecador
possa arrepender-se
e na mão de Deus, na sua mão direita,
como queria Antero, apascentar-se.
A noite mineira é mais tranquila:
convida, camarada,
a pecar mais um momento, um só, bem lento.

PRESÉPIO MECÂNICO DO PIPIRIPAU

Jesus nasce no Pipiripau,
em refolho sigiloso da Floresta,
bairro com alguma coisa de rural.
Tudo nasce, tudo mexe, tudo gira
em torno do menino sobre o capim-mimoso.
A paisagem é movimento
contínuo, circular.
Jesus aciona todas as forças
do homem. Ninguém parado.
Organiza-se a indústria em seu redor.
Jesus determina a vida em expansão.
Lutadores de boxe trocam murros
para maior glória do menino.
Seu Raimundo, criador do presépio,
revela Deus-motor.
Pipiripau, presépio modernista 1927.

O NÃO-DANÇARINO

Não alcancei o Clube das Violetas,
delicado demais para durar.
À minha frente só o Clube Belo Horizonte,
onde dançam o belo Ferola, o formoso Dario
com senhoritas mui prendadas
sob o olhar magnético de pais, mães, irmãos,
e o invisível mas ubíquo e potente
estatuto mineiro de costumes.
Dançam no segundo andar as valsas lânguidas
que o violino de Flausino faz etéreas.
Não sei dançar.
O Clube não frequento.
É meu clube a calçada.
A calçada sem música.
A porta do cinema, a porta do Giácomo,
a porta sem espera, a porta sem esperança,
a porta.

DOIDINHOS

Também não alcancei os Jardineiros do Ideal,
mocidade-morta de Belo Horizonte.
Não conheci os Raros,
os Magnificentes
– oh que delícia: os Malditos,
do tempo em que o autor falava a leitores hipotéticos:
"Este é um livro de estreia. Caluniai-o."
Resta, de tantas brumas, o velho Horácio
e seu ceticismo sorridente
na cartorária redação do *Diário de Minas*.
Não me conta do Barão do Sete-Estrelo
nem do Cavaleiro da Rosa-Cruz.
Os tempos já não são os tempos. Ou nunca foram?
Governa, de *pince-nez*, Raul Soares,
vem aí Melo Viana, e Bernardes domina,
do alto dos altos, de *pince-nez* redondo,
o céu nacional.
Horácio? Sorri apenas,
diz alguma coisa que não entendo bem,
nem é para entender: suave cortesia
de quem pressente em mim um novo Raro,
novo Maldito, novo Magnificente,
ocupando na promíscua Pensão Alves um castelo de nuvens.
Não, meu, nosso castelo, a Confeitaria Estrela
é bem terrestre, com sua vitrina de salgadinhos,
e já não somos nem Raros nem Malditos

mas simples Doidinhos de nova espécie,
arrancadores de placas de advogados e dentistas
em noites de pouca ronda,
pequenos incendiários sem tutano
de atear completas labaredas.
Somos o que somos, mestre Horácio.

A DIFÍCIL ESCOLHA

Cada manhã, a Liga pela Moralidade,
serviçal, pontual,
indica os filmes que podemos ver,
os prejudiciais,
os com reserva,
os inofensivos.
A mulher de Cláudio, com Pina Menichelli,
tem decotes inconvenientíssimos.
Quando o coração quer, com Francesca Bertini,
é coleção de cenas sensuais.
Remorsos do cura, não sei com quem,
imoralíssimo.
Alta imoralidade, em *Pacto infernal*,
2º episódio: adultério à vista.
Dorothy Dalton. *O dom da fascinação*,
bem, pode ser visto com algumas reservas.

É tão farto o cardápio, que vacilo:
Não posso ir a todos os cinemas,
e é só uma noite cada filme.
Meu Deus, ajudai-me neste passo:
Vejo a Bertini? Vejo a Menichelli?

O GRANDE FILME

Vejo *Intolerância* de Griffith,
no Cinema Pathé.
Estudante já não vale nada.
Pago entrada comum, preço incomum:
2 mil réis e mais 100 réis de imposto.
Os habitués foram preparados
por anúncios maiores no *Minas Gerais*:
"Procurem compreender, não somos gananciosos.
O filme tem 50 mil comparsas,
15 mil cavalos, 30 artistas
famosos, quatro romances, 14 partes.
Construiu-se um templo colossal
(1.500 metros de fundo),
a orquestra executa partitura
escrita especialmente..."

Intolerância
ou a luta do amor através das idades,
Cristo, Babilônia, São Bartolomeu noturno...
É grandioso demais para a minúscula
visão minha da História, e tudo aquilo
se passa num mundo estranho a Minas
e à nossa ordem sacramental, sob a tutela
do nosso bom Governo, iluminado
por Deus.

Esmaga-se esse monstro de mil patas.
Saio em fragmentos, respiro o ar
puríssimo de todas as montanhas.
Intolerância? Aqui no alto, não,
desde que se vote no Governo.

O LADO DE FORA

Sexta-feira. Sessão Fox
rebrilha de gente fina.
Fico do lado de fora.
Não tenho dinheiro agora.

Agora ou toda a semana?
O mês inteiro? Meus livros
troquei por alguns mil-réis:
eram dedos, não anéis.

Não deu para ver a fita
da ofídica Theda Bara.
Que importa a fita? Importante
é a cicuta deste instante.

A moça de meus cuidados,
mas de mim tão descuidada,
surge, camélia ridente.
Finjo ser indiferente.

Entra, nuvem colorida,
entra, música de corpo.
Mal sabe que estou ali,
hirto, magro, como um I.

Nem me vê. Não me verá.
Cada pétala de seda

do seu todo natural
me faz delicioso mal.

Não tem sentido, ou tem muito,
esperar por duas horas
que ela saia do cinema
como sai, de mim, o poema.

Aprendo a lição tortuosa
de curtir a dor das coisas.
O que ela viu, tela e enredo,
não vale este meu brinquedo,

o pungitivo brinquedo
de pensar na moça em vão,
do lado de fora, o lado
que ficará do passado

e vige ainda: poder
de sentir, mais que o vivido,
o que pudera ter sido,
o que é, sem jamais ser.

ORQUESTRA

Foi o foxtrote que acordou
os peixinhos do lago, na sala de espera,
ou foram eles, os minúsculos, insones peixinhos,
que fizeram acordar Sweet Georgia Brown
entre Body and Soul, para o *tea for two*,
enquanto não se abrem, rascantes, as portas da segunda sessão?

REBELIÃO

A empresa Gomes Nogueira
dobrou o preço do ingresso.
Alega que a nova fita
é de beleza infinita.

Aos estudantes recusa
direito de meia entrada,
esse direito imortal,
escrito na lei falada.

Tamanho abuso levanta
as pedrinhas do passeio.
Até mancebos serenos
protestam; nem é pra menos.

Vamos entrar assim mesmo,
protestar não adianta,
e a fita, diz *Cena muda*,
tem um mistério que espanta.

Mas tamanho desagrado
na algibeira estudantil
gera rumor, logo mil
ruídos vão se encorpando.

Ninguém vê o preto e branco
enrolo das peripécias

do dramalhão Paramount.
A bagunça, num arranco,

toma conta do recinto,
malhando cadeira e tudo
quanto é peça de madeira.
Acende-se a luz. E sinto

que é hora de grande alvitre:
levar essa massa humana
para a reforma do mundo.
Começar? Já, num segundo,

deixar a sala-ratoeira
(pois a Polícia é finória)
e sair, queimando bondes
que nada têm com essa história.

Os bondes, mas logo os bondes,
providência de estudantes?
Isso mesmo: velho impulso,
a destruição dos amantes.

Do cinema em polvorosa,
na turba, sai o anarquista.
A noite, incendida rosa,
abre um clarão na Lagoinha.

O FIM DAS COISAS

Fechado o cinema Odeon, na Rua da Bahia.
Fechado para sempre.
Não é possível, minha mocidade
fecha com ele um pouco.
Não amadureci ainda bastante
para aceitar a morte das coisas
que minhas coisas são, sendo de outrem,
e até aplaudi-la, quando for o caso.
(Amadurecerei um dia?)
Não aceito, por enquanto, o Cinema Glória,
maior, mais americano, mais isso-e-aquilo.
Quero é o derrotado Cinema Odeon,
o miúdo, fora-de-moda Cinema Odeon.
A espera na sala de espera. A matinê
com Buck Jones, tombos, tiros, tramas.
A primeira sessão e a segunda sessão da noite.
A divina orquestra, mesmo não divina,
costumeira. O jornal da Fox. William S. Hart.
As meninas-de-família na plateia.
A impossível (sonhada) bolinação,
pobre sátiro em potencial.
Exijo em nome da lei ou fora da lei
que se reabram as portas e volte o passado
musical, waldemarpissilândico, sublime agora
que para sempre submerge em funeral de sombras
neste primeiro lutulento de janeiro
de 1928.

DEPRAVAÇÃO DE GOSTO

O maestro Aschermann, violinista,
dirige o requintado quinteto de cordas.
Guadagnin, segundo violino. Gioglia na viola.
O violoncelo é de Targino.
Ao piano, Nazinha Prates.
Haydn flutua no ar da Rua da Bahia.
Por que maligna inclinação,
vou ver o melodrama dos Garridos
no palco-poeira do Cinema Floresta?

PARCEIRO DE BACH

A harpa de Rosa Ferraiol
apura ainda mais o *Cravo* temperadíssimo
em dó menor, em mi menor, prelúdio, fuga.

Mas que há com as tercinas?
Não fluem fácil como fio d'água.
Som intempestivo criva a sala.
Há mal-estar, rostos inquietos,
entre os seletos do Municipal.

Não se dá conta Rosa deste agravo
à pureza de Bach, e vai levando
os *stretti*, as leves colcheias, os alados
acordes melancólicos ou gaios?
A plateia começa a resmungar:
— Assim não! Mas que coisa! Está demais!

Está demais o grilo subversivo
que no teatro cheio põe cricrilos
nos arpejos celestes.
O guarda percorre camarotes,
corredores, lanterninha na mão, à sua caça,
e o ruído da caça se acasala
com Bach e grilo e riso incontrolável
dos melômanos: a Polícia vai prender
o grilo, tem gaiola para isto?

Caro João Sebastião, desculpe: em Minas
até os grilos amam fazer música.

O ARTISTA

Alvorada de estrelas?
Alucinação de um sonho?
Canhoto domina o palco da Rua Caetés.
Seu violão cava um abismo de rosas
no triste carnaval de Belo Horizonte.

GRAÇA FEMININA

Que bom ouvir João Luso nesta sala
discorrer sobre a graça feminina!
Será que escuto? Alguém presta atenção?
A graça feminina está presente,
sorri, olha discreta, abana o leque,
imune à conferência.
A graça tem consciência de ser graça
e a si mesma dedica-se, enlevada.

AS LETRAS EM JANTAR

Meu primeiro banquete literário.
O espelho *art-nouveau* do Hotel Avenida
reflete doze ilustres escritores.
Convidado! sento à mesa dos ilustres,
ilustre me tornando em potencial,
representante da escola, por nascer,
dos bárbaros futuristas do Curral.
Osvaldo de Araújo, Aldo Delfino,
Mário Mendes Campos, cristais, flores,
Abílio Barreto, Silva Guimaraens,
Rangel Coelho, quem mais? Não os distingo,
pois nem distingo a mim, de tão repleta
esta hora (o vinho, a carne) de horizontes.
Qual a razão do bródio? Precisa haver razão
para bródios? As letras mandam
comer, sorver a glória deste instante,
Agripa de Vasconcelos, o poeta,
recém-eleito acadêmico mineiro,
oferece-nos o prândio. Na verdade
nós é que devíamos prestar-lhe
este preito ritual.
Mas ele paga. E recita
à sobremesa, com voz clara:
"O meu destino... onde me levará?"
A pergunta ressoa (garfos, copos)
e ninguém na mesa em festa ousa fazer

de si para si mesmo
a grave indagação.
Quedamos importantes, paralisados,
na foto de magnésio.

JORNAL FALADO NO SALÃO VIVACQUA

Garotas de Cachoeiro civilizam
nosso mineiro burgo relaxado.
No salão todo luz chega o perfume
das roseiras da Praça. Burburinho.
Aqui, a se sorrirem, vejo os máximos
escritores da nova geração.
São jornalistas esta noite. A bela Angélica,
a suave Edelmira, a grácil Mariquinha
assim o determinam. Milton Campos
abre o *Jornal Falado*. Flui a verve
de seu editorial. Na sua voz,
a política é um jogo divertido
de punhais cetinosos que se cravam
sem derrame de sangue – e a vítima nem sabe,
perremisticamente golpeada,
que já morreu: continua deputado.
De Abgar, primeira página, o soneto,
mais lapidado que diamante,
recebe aplausos invejosos. Oh, quem soubera
tanger assim o lírico instrumento,
decerto conquistara
todas as do planeta moças lindas!
Um êmulo romântico se aproxima:
é Batista decassílabo Santiago:
"Ah, saudade que vive me enganando
e faz que eu ouça a tua voz, ouvindo

250

as folhas mortas em que vou pisando..."
Jornal é só poesia? Nada disso.
João Dornas traça a viva reportagem
urbana. Que parada,
achar acontecimentos onde nada
acontece, depois de Rui Barbosa!
Ele inventa, ele cria? Fatos raros
baixam do lustre, pulam no tapete
e Nava, prodigioso desenhista,
risca os perfis, os gestos, os lugares.
Delorizano, grave,
fala de ciência,
o Romeu de Avelar conta do Norte.
Aquiles é o cronista social:
noivados e potins e flertes surpreendidos
na segunda sessão do Odeon... Caluda!
Alguém pode não gostar. João Guimarães
é o nosso humorista. João Alphonsus
inicia o romance-folhetim:
em minutos tem princípio, meio e fim.
Eis chega a minha vez. A minha vez?
Mas como? se eu esperava não chegasse
e lá pela meia-noite o sono embaciasse
os anúncios da quarta página, final...
Não sei o que dizer. Digo: "Um acidente
nas oficinas impediu
saísse a minha crônica. Perdeu-se. Até amanhã".

A TENTAÇÃO DE COMPRAR

Com anúncios de página inteira
(coisa nunca vista nos sertões)
inaugura-se na Rua da Bahia
o fabuloso Parc Royal.
Três andares das mais finas futilidades
vindas diretamente da Rue de la Paix.
Seu Teotônio Caldeira, gerente,
manipula novas técnicas de vender.
As virgens loucas compram compram compram
e as mães das virgens loucas, outro tanto.
Pais de família, em pânico,
veem germinar no solo imáculo de Minas
a semente de luxo e desperdício.
Nada podem fazer, cruzam os braços:
O Parc Royal tem como padroeira
nada menos que Nossa Senhora da Conceição.
— Meu pai, posso botar na sua conta
três camisas de seda, um alfinete de gravata?
— Até você, meu filho, até você?!

TRÊS NO CAFÉ

No café semideserto
a mosca tenta
pousar no torrão de açúcar sobre o mármore.
Enxoto-a. Insiste. Enxoto-a.
A luz é triste, amarela, desanimada.
Somos dois à espera
de que o garçom, mecânico, nos sirva.
Olho para o companheiro até a altura da gravata.
Não ouso subir ao rosto marcado.
Fixo-me na corrente do relógio
presa ao colete; velhos tempos.
Pouco falamos. O som das xícaras,
quase uma conversa. Tão raro
assim nos encontrarmos frente a frente
mais que por minutos.
Mais raro ainda,
na banalidade do café.
A mosca volta.
Já não a espanto. Queda entre nós,
partícipe de mútuo entendimento.
Então, é este o mesmo homem
de antes de eu nascer
e de amanhã e sempre?
Curvado.
Seu olhar é cansaço de existência,
ou sinto já (nem pensar) a sua morte?

Este estar juntos no café,
não hei de esquecê-lo nunca, de tão seco
e desolado – os três
eu, ele, a mosca –:
imagens de mera circunstância
ou do obscuro
irreparável sentido de viver.

ENCONTRO

Vi claramente visto, com estes olhos
que a terra há de comer se os não cremarem,
o carro de bois subir, insofismável,
esta soberba Rua da Bahia,
sofridamente puxado
por sete juntas de bois.
Vi claramente visto o cupê de João Luís Alves,
Secretário de Estado de Bernardes,
descer esta rua soberba da Bahia,
cruzar o carro de bois,
no dia claro, e o espírito de Minas
fundindo sabiamente
a dupla imagem.

OPOSIÇÃO SISTEMÁTICA

O jornalzinho oposicionista da Praça da Estação,
onde exalo vagidos literários,
xinga o Presidente, xinga seus Secretários,
xinga o Prefeito. Sem mais ninguém
para xingar,
xinga Leopoldo Fróis, que no seu entender,
apresentando peças de gênero livre no Municipal,
todas as noites ofende a família mineira
em casas lotadas e entusiásticas.

PROFISSÃO: ENTERRADO VIVO

Tão linda esta cidade,
tão bem servida de moças de chapéu
e sombrinha,
de fícus, palacetes, lagos, horizontes,
tão limpa, tão verdinha, tão serena,
e vem Great Michelin
jejuar sete dias, agressivo!

Levo soco no estômago. Que ideia,
vender entradas para o espetáculo da fome
no Cine Comércio tão alegre.
Dois metros abaixo do chão a cova aberta
e a tampa de vidro
mostra o rosto cadavérico
do jejuador profissional.

De domingo a domingo esta visão
soturna comercial atrai burgueses
bem alimentados, secretamente desejosos
de que a experiência tenha fim
com a morte do Great Michelin.

No sétimo dia ressuscita
abre-se o caixão no palco, lavra-se ata
firmada por médicos, delegados, jornalistas,
palmas, palmas, vivas,

discurso do artista Koytakisis
e do próprio Michelin mal-falecido.
Dias depois ei-lo fazendo
conferência científica sobre a arte
de ganhar a vida em morte semanal.

15% de renda, generoso,
dá para o Orfanato Santo Antônio.
E aprendo esta verdade:
jejuador nenhum morre de jejum
se souber vender a sua fome.

A VISITA DO REI

I

Vejo o rei passar na Avenida Afonso Pena
onde só passam dia e noite, mês a mês e ano,
burocratas, estudantes, pés-rapados.
Primeiro rei entre renques de fícus e aplausos,
primeiro rei (e verei outros?) na minha vida.
Não tem coroa de rei, barbas formidáveis
de rei, armadura de rei, resplandecente
ao sol da Serra do Curral.
Não desembainha a espada para enfrentar
como fazia há pouco os hunos invasores
de sua pátria.
É um senhor alto, formal, de meia-idade,
metido em uniforme belga,
ao lado de outro senhor de *pince-nez*
que conheço de retrato: o Presidente do Estado.
Não vem na carruagem de ouro e rubis das estampas.
Não é um Carlos-Magno.
Vem no carro a Daumont de dois cocheiros
e quatro cavalinhos mineiros bem tratados.
No carro seguinte, como convém eternamente
às mulheres, vejo a Rainha,
não aparição sublime das iluminuras
(ai, que falta nos faz a Idade Média),
mas a distinta burguesa ao lado
do Presidente compenetrado da República.

Então é isso: tudo igual,
sangue azul e plebeu?
Pompas republicanas: moderadas.
Tenho de recriar – reminiscências literárias –
vera imagem de Rei, no rei em carne e vida.

II

A coroa lá está, na Praça do Poder
(não sei por que, se chama Liberdade).
Coroa imensa, de dez mil
lampadazinhas elétricas multicores.
À noite, é tudo festa na cidade.
Cinema grátis para o povo
na efervescente Praça Doze.
Fogos de artifício e de feitiço
para susto de cisnes e marrecos
no Parque Municipal.
Bandas de música explodem
em cada coreto, mesmo sem coreto.
Clarinar de paradas militares,
multiplicadas pelo ouvido e olhar.
De Norte a Sul, de Leste a Oeste,
mesmo do separatista Triângulo irredutível
que não corteja Belo Horizonte,
acodem povos a conferir o Rei.
Jorra cerveja nos cabarés enfumaçados de cigarro
Madame Olímpia, a respeitável,
faz a mais gorda féria do seu Éden.
Ao Rei não chega esta alegria. Ele visita
monocordicamente, bravamente,
quartéis, escolas, tribunais e o mais.

Há um discurso em cada fraque,
um *vivelerroá* em cada boca
e o desaponto de encontrar
no rei-lendário o homem comum.
(Eu não disse que os reis não são mais reis?)

III

— Majestade, aceite esta garrafa de licor
estomacal, do meu fabrico.
O Rei aceita: vai provar (mas em Bruxelas)
o presente do farmacêutico Artur Viana.
Antes, na mesa oficial, degusta
macucos *truffés à la Royale*
e dorme cedo. Amanhã cedinho
irá a Morro Velho conhecer
o sombrio trabalho subterrâneo
que produz ouro para o mundo
e morte precoce para mineiros.
Voltando à superfície, Mister Chalmers
oferta-lhe desta vez
macucos *truffés à jus d'orange.*
É comida diária no Brasil?
Resta algum macuco pra contar?
O Rei repousa a vista
no quadro que lhe deu Honorário Esteves.
Escuta, sonolento,
a orquestra vinda do Rio expressamente
para abemolar sua visita.
Silêncio: Sua Majestade vai dormir
em cama de Napoleão 1º, cópia exata
feita por Leandro Martins & Companhia.

IV

O Governo impa de orgulho:
as refeições de Suas Majestades,
quem serve é a Pascoal do Rio de Janeiro.
Os landolés de seus passeios
vêm da Garage Batista do Rio de Janeiro.
A Casa Lucas, do Rio de Janeiro,
multilumina as ruas e fachadas.
A charuteira com enfeites de ouro de 24 quilates,
regalada ao Rei,
é obra de arte de Oscar Machado,
joalheiro do Rio de Janeiro
(mas a madeira de lei é pura Minas).
Pura Minas, o solitário da Rainha
trabalhado no Rio de Janeiro
pelo mesmo Machado, mas brotando
do chão mineiro de Coromandel.
Não foi possível, é pena, vir do Rio
o Pão de Açúcar nem o Corcovado
nem a baía... mas demos ao Rei
o mais perturbador, o mais fantástico
entardecer da cidade-coleção
de crepúsculos indescritíveis.

V

E assim todos vivemos nossa vida,
nossa vidinha, como é nosso dizer,
entrelaçada no viver do Rei.
A metros de distância um Rei respira,
almoça, fuma, escova os dentes,
coça a cabeça como nós coçamos.

Falta somente o Rei aparecer
no Bar do Ponto e junto ao Professor
Zé Eduardo, de ferino verbo,
comentar os erros de francês
dos oradores a quem a lição
de Mestre Jacob pouco aproveitou.
Não é de muita fala o Rei, parece,
mas quem resiste ao calmo prosear
daquele centro da malícia urbana?
Tome um café, Seu Rei. Sente-se e vamos
ponderar os túrbidos sucessos
de Manhuaçu: três ou quatro mortes
por questões de terras ou de política.
Isso também ocorre lá nas Flandres?
Como é, o câmbio? É, está baixando,
quase não exportamos, e trazemos
tudo da Europa, desde o sabonete
e o vinho até as polonesas...
Seu Rei e nosso amigo, vamos
mudar de assunto?

VI

Afinal segue o Rei, segue a Rainha,
seguem condes, barões e diplomatas
rumo a São Paulo.
Que alívio, suspender tanta folia,
tanto protocolo misturado
ao nosso visceral esteja-a-gosto.
Descansa o Rei de nós,
e dele descansamos.
Mas uma coisa fica em mim,
espectador quase-repórter.

263

Uma coisa entre rosas, no jardim
versaillescamente plantado em seu honor.
É um som infantil, puro, no ar,
e não se desvanece:
coro de seis mil vozes entoando
o hino ensaiado com capricho
o mês inteiro nas escolas:
Aprédessiécles desclavage
lebelgesortáditombô...
lerroá laloá lalibertê.
Ao ouvi-lo o Rei empalidece,
a Rainha derrama duas lágrimas.
Crianças de 1920: a Brabançonne
casa-se com *Ipirangasmargensplácidas*,
e na Pensão de Dona Teresinha,
à noite, solitário no meu quarto,
não lembro o Rei, lembro o coral.

O PASSADO PRESENTE

Vejo o conde D'Eu no Grande Hotel.
Fala francês com Dr. Rodolfo Jacob.
O fantasma da Monarquia
é o terceiro, invisível, interlocutor.
Lá fora o sol encandece, republicano.
Ah, nunca pensei que o passado existisse
assim tocável, a mexer-se.
Existe. E fala baixo. Daqui a pouco
toma o trem da Central, rumo ao silêncio.

PLATAFORMA POLÍTICA

O noturno mineiro
congrega na estação
da Central do Brasil
a fina flor política.
Dez horas da manhã,
desembarcam sublimes
estadistas do Rio.
Quatro e vinte da tarde,
despedem-se conspícuos
estadistas locais.
A plataforma zumbe
de abraços e cochichos.
Lá vai o deputado
amigo do Palácio-
-em-flor da Liberdade
e chega o senador
comensal do Catete.
Coronel ajudante
de ordens, rutilante
na farda feita lírio
de imácula brancura,
mostra o grau de prestígio
de quem sai ou quem vem:
o Senhor Presidente
faz-se representar.
Sensação: desta vez

o próprio Presidente
do valoroso Estado
calca seus borzeguins
no ladrilho vulgar.
A música festeira
extravasa da banda
militar requintada
e leva a toda Minas
o som do alto poder
que domina montanhas
e elege candidatos
mesmo à falta de votos.
Que emérita figura
de altíssimo coturno
tira Sua Excelência
da torre oficial?
O Chefe da Nação?
O Papa? O Imperador
de algum remoto Império?
O banqueiro londrino
que veio ver de perto
as arras prometidas
ao desejado empréstimo?
Tento em vão acercar-me
do círculo dileto
que usufrui a presença
do egrégio titular
emanador de eflúvios
benignos. Em muralha,
casimiras escuras
e notórios *secretas*
em seu redor me barram
o horizonte visual.

Sei que perto de mim,
contudo inatingível,
astro do empíreo cívico,
o Presidente espera
outro deus, outro astro,
na estação convertida
em sacro belvedere.
Somem carregadores,
jornaleiros, cambistas
de palpites lotéricos.
Viajantes banais
esgueiram-se, dissolvem-se
na pompa do espetáculo.
A Central do Brasil
é ara, catedral
do mineiro mistério
do Poder com pê grande,
o Poder Triunfal.

ODE AO PARTIDO REPUBLICANO MINEIRO

Ó P. R. M.,
onde estás, que não vejo, mas te sinto
circular pelas veias da cidade?

Poder sutil, punhos de aço, terno abrigo
dos que à tua sombra se aninharam
na direção do público negócio!

Sogro gentil, pai amoroso
de bacharéis, de médicos, engenheiros
em começo indeciso de carreira,
tu dás o pão, dás a pancada
conforme o nosso vário proceder:
aos correligionários, pão de ló,
aos adversários, pontapé
em sensível, recôndito lugar.
Ai de quem infringir
teu estatuto sacrossanto, vigente
sobre as serranias e no interior mesmo do magma.

Pobres filhos de Eva, deserdados
do teu peito, os trânsfugas jazem mudos
à porta lacrada dos bancos
ou no corredor deserto da farmácia
da oposição.

Os bem-amados, estes, já se empossam
em parlamentos de bater palmas, palmas, palmas
à Comissão Divina Executiva
e, mais alto ainda, ao inatingível
Senhor Governador das Milícias e das Coletorias.
És a fonte, és a linfa, és a flórea
mansão dos deuses, entre renques de palmeiras
moldurada.

Teu espírito invisível e concreto
paira sobre os crepúsculos magnificentes
da Capital e nos guia, nos adverte, nos fulmina.

Ó P. R. M., estás em cada paralelepípedo,
em cada fícus-benjamim, em cada xícara
de café do Bar do Ponto: ouves, registras,
despedes teu raio sem o mínimo trovão,
e como ele reboa no interior da vítima!
Bem, contra ti me levanto, pigmeu,
gritando em frente à sacada política do Grande Hotel
os morras que é de uso em comícios inflamados
antes que irrompa a cavalaria.

E nem me vês a mim, verme-plantinha,
tão alto te agigantas.
Afinal, sem eu mesmo saber como,
por mão de Alberto serei teu redator
no obscuro jornal que em teu nome se imprime.
(A perfeita ironia: a mão tece ditirambos
ao partido terrível. E ele me sustenta.)

270

CONFEITARIA SUÍÇA

A baleira da Rua da Bahia
é bela como as balas são divinas.
Ou divina é a baleira, e suas balas
imitam o caramelo de seus olhos?

Compro balas na Rua da Bahia
para ver a baleira, simplesmente.
Não me olha nem liga, apenas tira
de cada vidro a cor e o mel das balas.

No pacote de balas vem um pouco
de beleza da pele da baleira,
sua pele de linho e porcelana,
sua calma beleza funcional.

É suíça a baleira e inatingível.
É coberta de neve, é neve pura,
derrete meu desejo adolescente...
Resta o gosto nevado de hortelã.

A PARAQUEDISTA

Brilha
Juliette Brille.
Salta de mil metros de altura
no Prado Mineiro em sol
laranja-vermelho e pasmo.
Despenca-se da asa
do aeroplano New Port.
Um segundo, é:
não abre o paraquedas?
Juliette, bólide
sem rastro fosforescente
irá esborrachar-se
no chão trivial?
Não, o Deus das aves,
dos ventos e das loucas
deposita Juliette
nas mãos do ar benigno.
Enfuna-se o aparelho.
Juliette, valsarina,
descreve no céu o giro
de rosa descendente
e vem pousar, completa,
em grama admirativa.
Homem nenhum fez isso
até agora aqui.
Todos aplaudem, constrangidos.
Não é que ela escapou?

AS MOÇAS DA ESCOLA DE APERFEIÇOAMENTO

São cinquenta, são duzentas,
são trezentas
as professorinhas que invadem
a desprevenida Belô?
São cento e cinquenta, ou mil
as boinas azuis e verdes
e róseas, alaranjadas
e negras também e roxas,
os lábios coracionais
e os *tom pouce* petulantes
que elas ostentam, radiosas?
De onde vêm essas garotas?
eu que sei?
Vêm de Poços, de São João
del Rei, Juiz de Fora, Lavras
Leopoldina, Itajubá,
Montes Claros, Minas Novas,
cidades novas de Minas
ainda não cadastradas
no *Índice Coreográfico*
de Pelicano Frade?
E são assim tão modernas,
tão chegadas de Paris
par le dernier bateau
ancorado na Avenida
Afonso Pena ou Bahia
que a gente não as distingue

das melindrosas cariocas
em férias mineiras?
Que vêm fazer essas jovens?
Vêm descobrir, saber coisas
de Decroly, Claparède,
novidades pedagógicas,
segredos de arte e de técnica
revelados por Helène
Antipoff, Madame Artus,
Mademoiselle Milde, mais quem?
Ou vêm para perturbar
se possível mais ainda
a precária paz de espírito
dos estudantes vadios
(eu, um deles)
que só querem declinar
os tempos irregulares
de namorar e de amar?
Ai, o mal que faz a Minas,
a nós, pelo menos, frágeis,
irresponsáveis, dementes
cultivadores da aérea
flor feminina fechada
em pétalas de reticência,
a Escola novidadeira,
dita de Aperfeiçoamento!
A gente não dava conta
de tanto impulso maluco
doridamente frustrado
ante a pétrea rigidez
dos domésticos presídios
onde vivem clausuradas
as meninas de Belô,

e irrompe essa multitude
de boinas, bocas, batons
escarlates, desafiando
a nossa corda sensível.
Que faz Mário Casassanta,
autoridade do ensino,
que não devolve essas moças
a seus lugares de origem?
Chamo Seu Edgarzinho,
responsável pela Escola.
Que ponha reparo – peço-lhe –
nas crianças do interior
que ficaram sem suas mestras.
Convém restituí-las logo
à tarefa habitual.
Ele responde: "São ordens
do Doutor Francisco Campos,
nosso ilustre Secretário
de Educação e Cultura.
Carece elevar o nível
do ensino por toda parte.
Vá-se embora, não insista
em perturbar nossos planos
racionais."
Vou-me embora. Já na esquina
a boina azul me aparece
sob o azul universal
que faz de Belô um céu
pousado em pelúcia verde.
Sua dona, deslizante
entre formas costumeiras
é diferente de tudo
e não olha para mim

deslumbrado, derrotado,
que vou bobeando assim.
Não há professora feia?
Pode ser que haja. A vista,
até onde o sonho alcança,
cinge a todas de beleza,
e a beleza, disse alguém,
é mortal como punhal.

MULHER ELEITORA

Mietta Santiago
loura poeta bacharel
conquista, por sentença de juiz,
direito de votar e ser votada
para vereador, deputado, senador
e até Presidente da República.
Mulher votando?
Mulher, quem sabe, Chefe da Nação?
O escândalo abafa a Mantiqueira,
faz tremerem os trilhos da Central
e acende no Bairro dos Funcionários,
melhor: na cidade inteira funcionária,
a suspeita de que Minas endoidece,
já endoideceu: o mundo acaba.

Ivone Guimarães, em Pitangui,
alcança igual triunfo. Salve, juízes
de Minas, impertérritos!
Amigo sou de Ivone e de Mietta.
Já vejo as duas, legislativamente,
executivamente,
a sorte das mulheres resgatando.
As amadas-escravas se libertam
do jugo imemorial,
perdoam, confraternizam, viram gente
igual a nós, no mundo-irmão.

Façanha de duas mineirinhas.
Antônio Carlos, do Palácio do Governo,
bate palmas e diz: "Perfeitamente."

Mas o Major Cançado, inconformado,
recorre da sentença.
Onde já se viu mulher votar?
Mulher fumar,
mulher andar sozinha,
mulher agir, pensar por conta própria,
são artes do Demônio minha gente
Major, ó Seu Major,
Minas recuperada te agradece.

CARNAVAL E MOÇAS

Minas Gerais está mudando?
As moças vão para o corso fantasiadas de Malandrinhas.
Não cantam "A malandragem eu não posso deixar"
nem "Eu quero é nota",
mas do alto dos carros de capota arriada,
sorrindo, atirando serpentinas nos outros carros
entoam desenvoltas
"Levanta o pé,
esconde a mão,
quero saber se tu gostas de mim
ou não."

Os pais deixaram.
Aí vem o Bloco Papai Deixou:
as Tamm de Lima, as Franzen de Lima,
as Tamm Bias Fortes, as Tamm Loreto,
irmãs, primas, cunhadas, a família mineira
descobrindo e revelando uma alegria carioca,
a alegria do carnaval.

Moulin Rouge? Assim também não. Mas pode ser Moulin Bleu
com Maria Rosa Pena, Célia de Carvalho,
Iolanda Vieira, Iolanda Bandeira,
outras que vão desfilando, vão cantando
ou se não cantam, cantam os seus braços.

Cuidado! capitalistas de Belo Horizonte,
a Mão Negra está chegando e ameaçando.

Maria Geralda Sales, Irene e Pequetita Giffoni
fazem tremer o mineiro que tem sempre
um dinheirinho guardado nas dobras do silêncio
e um pecado, talvez, de todos ignorado.

Felizmente nos salvam os Três
ou as Três Mosqueteiras, galhardas e galantes.
Lúcia Machado é Porthos,
Maria Helena Caldeira é Athos,
e Aramis, Maria Helena Pena.
Cadê o D'Artagnan? Elas respondem:
"Foi ferido no último duelo,
mas nós três damos conta do recado."

Neste bloco maior vejo as Boêmias,
Ilka e Luizinha Andrada, Lurdes Rocha,
Hilda Borges da Costa, Heloísa Sales,
e Tinice e Clarita e Cidinha e quem mais.
Nomeá-las todas não posso: são dois carros
e é preciso olhar, passando na Avenida,
as Sevilhanas, as Aviadoras,
os Fantasmas da Ópera, as Caçadoras de Corações,
as Senhoritas Barba-Azul, copiadas de Bebé Daniels,
as Funcionárias (da Secretaria das Finanças),
e na calçada os Netos de Gambrinus
fantasiados de Barril de Chope.

Meu Deus, de cada rua
um bloco irrompe, e é tudo animação.
Bailarinas do Xeque, sem o Xeque,
nem eu queria vê-lo: elas sozinhas
cercam de Oriente minha sertanice.
De cada município agora sinto
afluir foliões em sarabanda.

Minas perdeu o sério. Minas pula,
revoluteia, grita, esquece a história
comedida, o severo "vou pensar".
Minas não pensa mais, Minas se agita
ao som do jazz, ao som do bumbo, zunzunzun.

Vejo tudo isto ou estou sonhando
à mesa do Trianon, junto de Emílio,
poeta amigo, e Almeida,
sorvendo uma *frappée*, lenço molhado
de Rodo, pasárgada dos tímidos?
Ao clube não irei, nem aspirante
de sócio me tornei. Na minha face
gravado foi por lei hereditária:
"Este não dança." Sei apenas ver,
e o que vejo na Rua da Bahia
é chuva chuva chuva sem parar,
é chuva e guarda-chuva, luva-dilúvio
a envolver os dedos da cidade.
Na cara dos garçons, nas fustigadas
árvores, do desolado cão fuginte,
na deserta calçada noturnal,
esta leitura faço, da sentença:
"Por aqui, a Quaresma
no sábado de carnaval é que começa."

DIFICULDADES DE NAMORO

Por força da lei mineira,
se te levar ao cinema
levo também tua irmã,
teu irmãozinho, tua mãe.
Porém a mesada é curta
e se eu levar ao cinema
a tua família inteira
como passarei o mês
depois dessa brincadeira?
Prefiro dizer que a fita
na opinião da *Cena muda*
não vale dois caracóis.
(Esse Wallace Reid, coitado,
anda muito decadente.)
Outro programa não tenho
nem poderia outro haver
por força da lei mineira
durante as horas noturnas.
Proponho então que fiquemos
nesta sala de jantar
até dez horas em ponto,
(hora de a luz apagar
e todos se recolherem
a seus quartos e orações)
lendo, sentindo, libando
o literário licor

dos sonetos de Camões.
Eis no que dá namorar
o estudante sem meios
nesta década de 20
a doce, guardada filha
de uma dona de pensão.

PRAÇA DA LIBERDADE SEM AMOR

I

A praça dos namorados
é a praça do poder.
Saudades de Ouro Preto lacrimejam
entre penhascos de cimento
e o desejo (frustrado) de pegar na tua mão.
O guarda viu?
E se o bonde passar, com o pai da moça,
no flagrante do gesto?
Sopra na praça um vento de telégrafo.
No cerne do palácio, o homem invisível
espalha coletores
juízes
delegados militares
sobre as serranias mais enevoadas.
Chegam, chapéu preto-terno preto, os coronéis
para a súplica e a ronha de pigarro.
Não olham o verde, vão direto.
O lago não reflete
senão a renda de silêncio
que paira sobre a hora embalsamada.
Entram. Sussurram.
Ungidos saem para os municípios.
(Coreto?
A música estilhaça tico-ticos,

mas é só uma ruga, no domingo.)
À noite, todas as noites, impreterível,
a lua amortalha o poder, os canteiros, os guardas
em gelada mansuetude. O amor, sempre iludido,
espera amanhã pegar na tua mão.

II

Tambores (já contei).
Evém o Rei, na armadura de herói de Flandres.
Carece recebê-lo em francês, com todas as honras,
ameninando a praça do poder.
Para longe os penhascos de mentira,
os itacolumis nostálgicos,
o timbre ouro-pretano amortecido.
A divina simetria explode em rosas,
repuxos a Le Nôtre

     sem Le Nôtre.

Passa o Rei, passa a Rainha,
passa a ilustre comitiva,
as festas belgas passam, e começa
o *footing* ritmado dos vestidos.
Vitrina movente, vai e volta.
Não lhes toquem, porém, às namoradas
de sapatos brancos, branquejando
na aleia retilínea
sob as vistas de irmãos abengalados.
Será sempre, na praça poderosa
o não-poder pegar a tua mão?
Quantos anos à espera neste banco
que se vai corroendo, enquanto a rosa
em desejo na haste é já ferrugem

e no palácio, outro (invisível) homem
despacha delegados infinitos
para infinitos burgos dominados?
A mão vazia alisa o banco e tua ausência.

A ILHA

Nos quatro bancos de cimento
da ilha do Parque estão postados
com o maior comedimento
quatro casais de namorados.

Há nas ilhas sempre o convite
a idílios sem falsos recatos,
mas aqui se traça o limite
que separa intenções e atos.

Os casais se entreolham, discretos,
esperando que um deles ouse
libertar instintos inquietos,
acabando com a falsa pose.

Ninguém se atreve a dar a senha
das carícias que sonham ser.
Grossa cortina de estamenha
vela o arrepio de viver.

Tão leve, o dia! O verde, o esquilo,
céu autorizativo, cúmplice...
Mas vê-se bem que tudo aquilo
é cenário de jogo dúplice.

Perde amor mais uma parada
nesta Citera provincial.
Tarde. Fecha-se o Parque. Nada
acontece de bem ou mal.

VITÓRIA

I

Como se eu quisesse
abater com o peito uma torre de ferro.

Como se eu esperasse
entrar dentro de seus olhos e me sorrir.

Como se eu sentisse
por mim o amor que ela não sente
e o fosse ela sentindo, à medida
em que o meu rosto se mostrasse amado.

Seis meses nesta batalha
perdida sem começar.

II

E, este amor não tem jeito.

Meu peito bate na laje.
A laje, não respondendo,
acrescenta meu amor.

É, este amor não tem jeito.

Seis meses enfim completos
mereço chegar à boca
sorridente-negativa
que retumbalha em meu peito.

Foi naquele corredor.
Naquela tarde. Naquele
minuto sem uma flor
entre painéis burocráticos
de perfeito desamor.

Foi concessão de cansaço?
Prêmio de merecimento?
Sei lá o que foi. O amor
inebriou-se no beijo
que dei nela e que me dei
em sua boca gelada.
Valeu nada. Valeu tudo?

ESTES CREPÚSCULOS

Concordo plenamente.
Estes crepúsculos são admiráveis.
Nada no mundo iguala estes crespúsculos.
O sol é um pintor bêbado reformulando o céu
e até as montanhas e as árvores.
Convida a gente a viver em estado de pedraria,
de sonho, incêndio, milagre.

Estes crepúsculos sublimes criam outra Belo Horizonte,
não a dos tristes funcionários seriados,
outra Minas, outro Brasil.
Estes crepúsculos...
Mas eu não tomo conhecimento deles.
Estou triste.
Estou sepultado em mina de carvão.
Ela passou de bonde e não me olhou.

PARABÉNS

Meu amigo Pedro Nava
regressou de Juiz de Fora.
Parabéns a Pedro Nava,
parabéns a Juiz de Fora.

COMPANHEIRO

Batista Santiago, menestrel
a serviço do amor já sem balcões
escaláveis em tranças de mulher,
vai lapidando o sonho medieval
de revisor da Imprensa Oficial:
deixar provas de lado e atapetar
de sonetos de rima adamantina
a cama pucelar dessa menina-
-moça que mora em frente da pensão,
resguardada por três anjos ferozes:
o pai severo, o irmão violento e o cão.

Não teme Santiago esses perigos
nem quaisquer outros, forte e decidido,
mas a moça-menina sabe acaso
a carga de paixão que esconde um verso
sem direção possível nessa rua
de muros altos, ferros, cadeados?
Evola-se o poema em neutro quarto
de aluguel, e Batista, acostumado
a falar para ouvidos não ouvintes,
vai modulando líricas endechas.

Se o coração da jovem não alcança,
restam outras mulheres, e a esperança
de conquistar a que ele nunca viu.

Folhas Que o Vento Leva, suas trovas
assim dispersas giram pelos ares.
Outra moça, quem sabe? irá colhê-las.
Romântico, notívago, enluarado
peito pisoteado pelo amor,
entretanto cultiva o braço forte.
Quem no bar o provoque sabe disto:
é D'Artagnan, não mais o revisor.

A CONSCIÊNCIA SUJA

I

Vadiar, namorar, namorar, vadiar,
escrever sem pensar, sentir sem compreender,
é isso a adolescência? E teu pai mourejando
na fanada fazenda para te sustentar?

Toma tento, rapaz. Escolhe qualquer rumo,
vai ser isto ou aquilo, ser: não, disfarçar.
Que tal a profissão, o trabalho, o dinheiro
ganho por teu esforço, ó meu espelho débil?

Hesitas. Ziguezagueias. Chope não decide,
Verso, muito menos. Teus amigos já seguem
o caminho direito: leva à Faculdade,
à pompa estadual e talvez federal.

Erras, noite a fundo, em rebanho, em revolta,
contra teu próprio errar, sem programa de vida.
Ó vida, vida, vida, assim desperdiçada
a cada esquina de Bahia ou Paraúna.

Ela te avisa que vai fugir, está fugindo,
segunda, terça, torta, quarta, parda, quinta,
sápida, sexta, seca, sábado – passou!
Domingo é soletrar o vácuo de domingo.

Então, sei lá por que, tu serás farmacêutico.

II

E você continua a perder tempo
do Bar do Ponto à Escola de Farmácia
sem estudar.
Da Escola de Farmácia à doce Praça
da Liberdade
sem trabalhar.
Da Praça novamente ao Bar do Ponto faladeiro,
do Bar do Ponto – é noite – à casa na Floresta
sem levar a sério o sério desta vida,
e é só dormir e namorar e vadiar.
Seus amigos passam de ano,
você não passa.
Ganham salário nas repartições,
você não ganha nada.
O Anatole France que degustam,
o Verlaine, o Gourmont, outras essências
do *clair génie français* já decadente,
compram com dinheiro do ordenado,
não de fácil mesada.
Se dormem com a Pingo de Ouro, a Jordelina,
pagam do próprio bolso esse prazer,
não de bolsa paterna.
Você pretende o quê?
Ficar nesse remanso a vida inteira?
O tempo vai passando, Clara Weiss
avisa no cartaz: *Addio, giovinezza,*
e você não vê, você não sente
a mensagem colada ao seu nariz?
Olhe os outros: formados, clinicando,
soltando réus, vencendo causas gordas,
e você aí, à porta do Giacomo

esperando chegar o trem das 10
com seu poeminha-em-prosa na revista,
que ninguém lerá nem tal merece.
Quem afinal sustenta sua vida?

Bois longínquos, éguas enevoadas
no cinza além da serra, estrume de fazenda,
a colheita de milho, o enramado feijão
e...

Fim.
A raça que já não caça,
ela em ti é caçada.

III

Noite-montanha. Noite vazia. Noite indecisa.
Confusa noite. Noite à procura, mesmo sem alvo.

O trem do Rio trouxe os jornais. Já foram lidos.
Em nenhum deles a obra-prima doura teu nome.

Que vais fazer, magro estudante, se não estudas,
nesta avenida de tempo longo, de tédio infuso?

Deusas passaram na tarde esquiva, inabordáveis.
Os cabarés estão proibidos aos sem-dinheiro.

Tua cerveja resta no copo, amargo-morna.
Minas inteira se banha em sono protocolar.

Nava deixou, leve no mármore, mais um desenho.
É Wilde? É Príapo? Vem o garçom, apaga o traço.

Galinha Cega, de João Alphonsus. Que vem fazer,
onze da noite, letra miúda, enquanto Emílio,

ao nosso lado, singra tão longe, boia tão nuvem
em seus transmundos de indagativas constelações?

Luís Vaz perpassa, em voo grave, no Bar do Ponto:
soneto antigo, em novo timbre, de Abgar Renault.

Anatoliano, Mílton assesta os olhos míopes.
Sua voz mansa busca alegrar teu desconforto.

Vem manquitando Alberto Campos. Sua ironia
esconde o lume do coração. Rápido Alberto,

será o primeiro a nos deixar. Sabe da morte
alguém da roda? Sabe da vida? E por acaso

queres saber? Em poço raso vais afundar-te
para que os outros fiquem cientes de tua ausência

e ao mesmo tempo tu te divirtas a contemplá-los,
ator em férias. Perdão, te ofendo? Martins de Almeida,

crítico-infante, faz o diagnóstico: *Brasil errado*.
Brasil, qual nada. O errado é este, sentado à mesa,

fraco aprendiz de desespero. Melhor: ingênuo?
Quantas caretas treinas no espelho para esconderes

a própria face? Nenhuma serve. O rosto autêntico
é o menos próprio para gravar o natural.

Que é natural? Verso? Mudez? Sais do letargo.
Cerram-se as portas, rangido-epílogo. Os outros vão-se,

com seus diplomas, brigar com a vida, domar a vida,
ganhar a vida. E teu cursinho físico-químico

não te vê nunca de livro aberto, de mão esperta,
laboratória. Não tomas jeito? Como é, rapaz?

A noite avança. O último bonde passa chispando
rumo à Floresta. Ou rumo aonde? Existe rumo?

Pedestre insone, vais caminhando. E nem reparas
nessa estrelinha, pálida, suja, na água do Arrudas.

DIA DE FLOR

No dia da margarida minha lapela de estudante
cronicamente sem dinheiro
foge das senhoritas com cestinhas de flores
que evoluem (sílfides) na Avenida Afonso Pena
pedindo o nosso, o meu conforto pecuniário
para as vítimas da enchente de Arassuaí.

Queria tanto que uma delas
(a da Rua Goiás, especialmente)
pusesse a mão no meu casaco
oferecendo ao mesmo tempo
margarida e sorriso,
e eu tirasse do bolso, qual relógio
cigarro ou lenço, maquinal,
um conto de réis, me desculpando:
— Mais daria, se não fosse...
E vem aí o Dia da Violeta.

FINAL DE HISTÓRIA

O quadro de formatura
foi pintado por Borsetti.
Borsetti, falsário exímio,
condenado por malfeitos,
aceita e avia encomendas
de todos os diplomandos
de academias mineiras.
Pintadas por trás de grades,
alegorias libertam-se,
vai Têmis e vai Hipócrates,
vão Mercúrio e caduceu
e vão sentenças latinas
cantando por toda parte
arte e engenho refinados
de montanhesa sapiência.
Meu Deus, formei-me deveras?
Sou eu, de beca alugada,
uma beca só de frente,
para uso fotográfico,
sou eu, ao lado de mestres
Ladeira, Laje, Roberto,
e do ínclito diretor
doutor Washington Pires?
Eu e meus nove colegas
mais essas três coleguinhas,
é tudo verdade? Vou

manipular as poções
que cortam a dor do próximo
e salvam os brasileiros
do canguari e do gálico?
Não posso crer. Interrogo
o medalhão do Amorim:
Companheiro, tu me salvas
do embrulho em que me meti?
Dou-te plenários poderes:
em tuas farmácias Luz
ou Santa Cecília ou Cláudia,
faze tudo que eu devia
fazer e que não farei
por sabida incompetência:
purgas, cápsulas, xaropes,
linimentos e pomadas,
aplica, meu caro, aplica
trezentas mil injeções,
atende, ajuda, consola
sê enfermeiro, sê médico,
sê padre na hora trevosa
da morte do pobre (a roça
exige de ti bem mais
que o nosso curso te ensina).
Vai, Amorim, sê por mim
o que jurei e não cumpro.
Fico apenas na moldura
do quadro de formatura.

302

O SENHOR DIRETOR

O fraque do diretor,
a bengala do diretor,
a paixão atleticana do diretor,
a importância amável do diretor
surgem infalíveis às 8 e meia,
indagam protocolarmente:
— Alguma novidade?
Deu destaque ao aniversário do Presidente?
Sai o retrato dele em três colunas
no alto da primeira página?
No centro da página, é claro?
Não precisa noticiar a partida do Deputado Leleco.
Não está em boas graças no Palácio.
Bem, até amanhã.
Veja lá, Drummond, eu confio em você.

REDATOR DE PLANTÃO

Opereta no caminho do jornal.
Se vou à Clara Weiss não faço artigo
de fundo, bem ventrudo, como quer
o recado do Palácio do Governo.
Se faço o artigo da gazeta oficial,
perderei Clara Weiss e as mulheronas
que em seu redor alçam pernas cantatórias.

Tudo na mesma rua: teatro, redação,
dever, emprego, música ligeira.
Nem todo dia Strauss espalha em Minas
os eflúvios da valsa vienense,
e eu aqui, nesta mesa redatora,
a proclamar que sem Minas altiva
a República não acha salvação.

É sempre assim: perdi Leopoldo Fróis
por causa da campanha eleitoral.
Chaby não ouvi nem vi; Guiomar Novais
lembrança não deixou em meus ouvidos
de Chopin e Mompou, pois me tocou
fazer na mesma hora o necrológio
do senador Pimpim, glória mineira.
De madrugada, findo o meu trabalho,
eis dorme Clara Weiss no Grande Hotel,
dorme Franz Lehar na lembrança musical

de muitos, dormem lustres, mármores, sanefas
do infrequentável Teatro Municipal,
e eu transporto para casa esse remorso
de ser escriba, inconvicto escriba oficial.

VERBO E VERBA

É redação?
É academia, Parnaso?
Afonso Arinos cintilante,
Emílio Moura evanescente,
João Alphonsus calado-irônico,
Cyro dos Anjos expectante,
Horácio Guimarães, gravura a talho-doce
de uma remota, simbolista
Belo Horizonte.
Dois diários num só?
Boletim do P. R. M.,
clarim do modernismo,
usina de poemas sem metro,
porta-voz mineiro de Mário de Andrade,
sentinela conservadora das Alterosas
políticas,
quem entende este asilo
de doidos mansos burocratas?

Alguém o entende: Eduardinho, o *Bola*,
gerente sem fundos
(como custa a Secretaria das Finanças
a soltar a magra verba oficial!),
cercado de *vales* por todos os lados,
sai à rua campeando
anúncios do depurativo Salsa, Caroba e Manacá,

do Cacturgenol para urinas escuras,
e faz intercalar o comunicado do Partido
com o salutar aviso
de que o Pó Pelotense
é o único a evitar assaduras debaixo dos seios.

O PRÍNCIPE DOS POETAS

Fazer.
É preciso fazer alguma coisa
que pelo menos risque um círculo
efêmero na água morta da cidade.
Vamos eleger o Príncipe dos Poetas Mineiros?
Na redação, em mesas próximas,
João Alphonsus emite
seu sorriso enigmático,
Emílio, recém-chegado de galáxia,
aprova com doçura.

Mãos à obra!
O eleitorado é quem quiser
ser eleitor, principalmente nós,
inelegíveis de nascença.
Pingam votos esparsos. Desconfiança.
Isso é brincadeira
de irresponsáveis futuristas?
É sério, gente. Votos
para Belmiro Braga, o velho Augusto
de Lima e Noraldino e Mário Matos.
Poeta nenhum deixa de ter o seu votinho,
menos nós, questão de ética ou de tática?
Abgar, nosso amigo, cresce em números,
mas se for escolhido vão dizer
que a eleição, como as outras, nada vale.

Em apuros estamos. Afinal,
qual será, dos poetas, o mais nobre,
aquele que a Bilac se compare?
Um não serve por isso ou por aquilo.
Outro passou de moda. Outro é feroz
contemptor de experiências modernistas.
E um Príncipe hostil não apetece
à nossa moderada veia lúdica.
O estalo nos salva: Honório Armond
em sua Barbacena roseiral
é altivo, discreto, bom poeta,
dará ao fraco título grandeza.
Votação carregada
elege-o com destaque. Muito bem.
Mas Honório, mineiro cem por cento,
sem recusar redondamente a láurea,
responde: "Eu, Príncipe? De quê?
Só se for, por distinção latina,
Princeps Promptorum"... E continua
sereno, silencioso,
em seu rosa-lar de Barbacena.

A LÍNGUA E O FATO

Precisamos dar um nome
português a este desporto.
De resto, o nome genérico
nem tem cara de vernáculo.
Lincoln, de latim provido,
hesita entre bulopédio
e globipédio. Afinal
define-se por ludopédio
no jornal oficial.
Aprovado o lançamento
por força da lei mineira
não assinada mas válida,
eis que súbito estraleja
barulho estranho lá fora.
A redação se interroga.
Que foi? Que não foi? Acode
o servente noticioso
e conta que espatifou-se
a vidraça da fachada
por bola de futebol.

APÊNDICE

ESPETÁCULO

Foi Saint-Hilaire, o sábio-amante
da natureza, o vê-tudo,
o anotador, quem disse
(não os mentirosos da cidade):
Aqui até os relâmpagos são diferentes
dos que fulguram na Europa.
Formam no horizonte
imensa claridade.
O ar é todo prata
e uma luz mais faiscante
no centro se alevanta,
foguete esplendoroso
que no clarão floresce
e no clarão perece.

Era noite, e Saint-Hilaire
parou na serra o seu cavalo,
sob a chuva e a bofetada do trovão,
europicamente
deslumbrado.

MÚSICA PROTEGIDA

Santa Cecília, anterior aos sindicatos,
protege a situação dos músicos das minas.
Ninguém seja cantor ou instrumentista
quer no sagrado ou no profano
sem se prender aos doces laços
de sua melódica Irmandade.
Quem infringir a santa regra,
ofensa faz ao povo e ao Céu,
a boca se lhe emudece, o instrumento
cai sem som na laje fria.
Mas aos pios irmãos, Santa Cecília
a cada dia e hora
concede voz mais pura
e mais divino som ao clarinete.

MORTO VIVENDO

Aquele morreu amando.
Nem sentiu chegar a morte
quando à vida se abraçava
nem a morte o castigou.
Enquanto beijava o amor
a morte o foi transportando
nos braços do amor gozoso
sem desatar-se a cadeia
de vida enganchada em vida.
Aquele morreu? Quem sabe
o que foi feito do amante
alçado em coche de chamas
ou carruagem de cinzas
no ato pleno de amar?
Não corrigiu a postura,
não voltou aos intervalos
de solitude na espera,
não repetiu mais os gestos
fora do rito amoroso.
Morreu completo, no êxtase
de estar no mundo e extramundo.
Que sabe a morte do abraço
paralisado na luz
do quarto aberto ao amor
e defeso a tudo mais?
E se continua vivo

e mais do que vivo amando
sem paredes e sem ossos
nos vazios espaciais,
não sei como, não sei quem?

POSFÁCIO
POESIA, MEMÓRIA, HISTÓRIA: MODOS DE CONTAR
POR HELOISA MURGEL STARLING

O título chama a atenção pela estranheza. Há sempre alguém que folheia o livro, compra, sai pela rua com o exemplar debaixo do braço e pensa: o que é "Boitempo"? Carlos Drummond de Andrade se esquivou do assunto, mas muita gente lhe deve ter feito a pergunta e ele concluiu que não tinha escapatória. Respondeu bem a seu modo, alguns anos depois da publicação, em "Livro", poema breve, de apenas uma estrofe: "Boitempo, ou seja, aquele vago boi / imóvel na planura do passado, / a ruminar o verde-azul-dourado / silêncio do que é de quanto foi."[1]

A assinatura é direta e o significado coube todo nestes quatro versos. Drummond inventou o nome por acreditar que se pode tirar poesia de um punhado de lembranças banais, cotidianas, circunstanciais. E alinhavou o conceito capaz de estruturar em forma poética seu mundo de memórias. "Boitempo" condensa a inteireza de um contexto social e político de sentido e experiência. Além disso, na ambiguidade do jogo de palavras – "Boi" e "Tempo" – concentram-se diversos significados de uso, aplicáveis em uma temporalidade relativamente larga: "Boitempo" recua até Itabira, onde estão fincadas as lembranças mais antigas de Drummond; pendula nos anos, para soprar ao presente o aroma meio oleoso do capim-gordura que forrava o pasto da Fazenda do Pontal, uma das principais propriedades

---

1 Carlos Drummond de Andrade. Livro. In: *Poesia errante*: derrames líricos (e outros nem tanto, ou nada). Rio de Janeiro: Record, 2002. p. 15.

dos Andrade; enquadra as recordações do poeta numa base temporal bem delimitada entre as cidades de Itabira, Friburgo, Belo Horizonte; exibe, de viés, um recorte de futuro.

No ir e vir dos anos, "Boitempo" diz muito da ideia que Drummond faz da tensão entre recordação e esquecimento. Memória é remoer o tempo, mastigar repetidas vezes, regurgitar, reprisar. O objeto ou motivo que retorna do passado – lugar, acontecimento, personagem, sentimentos – chega aos pedaços, fracionário, sem formar nenhuma série linear; está longe de exibir a construção de uma ordem cronológica hierarquizada por eventos. Como a coleção de cacos de louça quebrada "coloridos e vetustos" que ele desenterrava, na infância, da horta no sobrado familiar, em Itabira. Exibir seu significado vai doer, é claro. Afinal, ele diz: "Vidros agressivos / ferem os dedos, preço / de descobrimento: / a coleção e seu sinal de sangue; / a coleção e seu risco de tétano; / a coleção que nenhum outro imita."[2]

Mas também existe algo de prazenteiro nesse esforço de repetição. Buscar de novo as lembranças no fundo da memória permite à poesia de Drummond suspender e desdobrar o tempo para espiar o que há lá dentro ou lá atrás, num cruzamento de caminhos e sentidos onde se revelam as ligações entre memória, imaginação e invenção. E o futuro também depende das perguntas que se podem fazer ao passado. "Compreender um momento é ver a possibilidade de participar da criação de outro momento", escreveu o historiador Timothy Snyder.[3] Publicada como trilogia entre os anos de 1968 e 1979, e nos anos 1980 reorganizada pelo próprio Drummond em apenas dois volumes, que chegaram às livrarias em 1986, a reunião

2 Carlos Drummond de Andrade. Coleção de cacos. In: *Boitempo & A falta que ama*. Rio de Janeiro: Sabiá, 1968.

3 Timothy Snyder. *Sobre a tirania*: vinte lições do século XX para o presente. São Paulo: Companhia das Letras, 2017. p. 120.

de sua poesia memorialística interliga o registro das reminiscências pessoais do poeta com a lembrança dos outros – da sociedade e do país – abrindo inesperadas possibilidades de acesso ao que a história significa.

Tudo somado, não foi à toa que, em *Boitempo*, Drummond escolheu justamente o modo narrativo para formalização de sua poética memorialística. É certo que esse gosto acentuado pelas relações entre prosa e poesia, narrativo e lírico no interior da sua poesia está presente ao longo de toda a obra, escreveu a crítica literária Flora Süssekind, retomando as reflexões de Antonio Candido e José Guilherme Merquior. E acrescentou: "As manifestações mais evidentes dessa inclinação narrativa em Drummond são, é claro, as muitas historietas, anedotas, microbiografias e os motivos narrativos diversos entranhados na sua poesia."[4]

Em *Boitempo*, contudo, o acento narrativo sustenta a estratégia utilizada pelo poeta para fazer a História se revelar na sua poesia. Um narrador que se preza não avisa nada de antemão. O acontecimento já teve início, a conjuntura é imprecisa, o evento ainda não se definiu. Tudo pode ocorrer – ou pode ocorrer nada, como diz o historiador Evaldo Cabral de Mello.[5] Os poemas de *Boitempo* incluem enredo, intrigas, incerteza e peripécia. A narrativa é marcada pela ambiguidade que funciona para adensá-la, possibilitando ao autor reter do passado algo inquietante: a repetição do que propriamente falando nunca aconteceu, o retorno das possibilidades perdidas. Como acontece nos versos de "Encontro", a síntese irônica do artifício e do defeito

---

4 Flora Süssekind. Curva, curva, curva – Processos de narrativização e autorretração no método poético drummondiano. In: *Coros, contrários, massa*. Recife: Cepe, 2022. p. 475. Ver também: Antonio Candido. Drummond prosador. *Recortes*. São Paulo: Companhia das Letras, 1993; José Guilherme Merquior. Notas em função de *Boitempo*. Sônia Brayner (org.) *Carlos Drummond de Andrade*. Rio de Janeiro: Civilização Brasileira, 1978.

5 Rafael Cariello. O Casmurro. *Piauí*, n°104, maio 2015. p. 49.

barrando o percurso do sonho da modernidade mineira, engolida, de vez, por uma oligarquia estadual centralizadora, autoritária e arcaica que desfigurou e atrelou ao seu comando as invenções, a tecnologia, os processos de democratização, as instituições políticas, a própria República: "Vi claramente visto, com estes olhos / que a terra há de comer se os não cremarem, / o carro de bois subir, insofismável, / esta soberba Rua da Bahia, / sofridamente puxado / por sete juntas de bois. / Vi claramente visto o cupê de João Luís Alves, / Secretário de Estado de Bernardes, / descer esta rua soberba da Bahia, / cruzar o carro de bois, / no dia claro, e o espírito de Minas / fundindo sabiamente / a dupla imagem."

A visada irônica é levada a sério em *Boitempo*. Na origem grega da palavra, ironia é *eironein*. Significa, ao mesmo tempo, uma figura retórica e uma estratégia de discurso. Na poesia de Drummond serve, com frequência, para o verso interrogar determinado tema, dizendo sobre ele menos do que aquilo que realmente pensa. É enviesada: o autor finge ignorância sobre o assunto, e, nesse fingimento, remove a certeza do leitor de que as palavras significam apenas aquilo que elas dizem. O uso da ironia funciona com frequência para expor o acontecimento histórico e reagir criticamente a ele. Disparada em "Ode ao Partido Republicano Mineiro", a ironia tem alcance suficiente para zombar, atacar, embaraçar e ridicularizar a poderosa agremiação política, que eternizava no poder a dominação oligárquica e por onde passava o controle de todas as decisões sobre a vida pública e administrativa em cada canto do estado – "Fora do PRM não há salvação", anunciava, sem subterfúgio, o slogan famoso. E também funciona com regulagem bastante para atingir, por ricochete, o próprio autor do poema, integrante do quadro da redação do *Diário de Minas*, o órgão oficioso do Palácio da Liberdade: "(A perfeita ironia: a mão tece ditirambos / ao partido terrível. E ele me sustenta.)"

Uma vez ativada na poesia de *Boitempo*, a ironia tende a cumprir, entre outras, a incumbência de executar a virada temática da narrativa. Atua como uma espécie de sinalizador, ao qual cabe enfocar em uma revelação brusca o elemento histórico crítico fundamental do poema. É o que acontece em "O grande filme", à primeira vista só uma resenha cinematográfica mal-humorada escrita por Drummond para *Intolerância*, de D. W. Griffith, exibido em Belo Horizonte, em 1921 – e que inclui, de quebra, o protesto irado do poeta contra o aumento do preço dos ingressos e o fim da meia-entrada para estudantes. Drummond era frequentador assíduo de cinema, o primeiro artigo que escreveu e entregou em uma redação de jornal tratava de um filme – no caso, *Diana, a caçadora*, em 1920 –, mas detestou a ambição enfadonha de *Intolerância*. Resolveu o problema parodiando a ferramenta técnica utilizada por Griffith para contar a história: com um *travelling* irônico ao final do poema, ele corta o tema da intolerância entre acontecimentos e períodos de tempo distintos e pede ao leitor que preste atenção às evidências daquilo que claramente está acontecendo, ao seu lado: "É grandioso demais para a minúscula / visão minha da História, e tudo aquilo / se passa num mundo estranho a Minas / e à nossa ordem sacramental, sob a tutela / do nosso bom Governo, iluminado / por Deus. // Esmaga--se esse monstro de mil patas. / Saio em fragmentos, respiro o ar / puríssimo de todas as montanhas. / Intolerância? Aqui no alto, não, / desde que se vote no Governo."

Não é que a poesia de *Boitempo* consiga ver mais do que a História – mas ela permite ver mais intensamente. Há uma grande quantidade de gente, situações e coisas trafegando na poética narrativa de Drummond. Servem para abrir um ângulo de observação entre o acontecimento e sua expressão poética, provocar a surpresa e puxar a ponta do fio principal da trama que vai se desenrolar em cada poema. Tudo pode começar, por exemplo, no gesto prosaico de todas as manhãs quando o poeta, ainda criança, chega à janela do sobrado paterno, em Itabira; a partir daí acontece a virada, a história muda de rumo, e o menino se queda, abismado, diante do que não vê – "a não ser como a presença alucinada de uma ausência", anotou o ensaísta José Miguel Wisnik.[6]

"O diabo atenta, e o ferro é exportado", reza um ditado esperto em Minas Gerais. A empresa Itabira Iron Ore Company começou a atuar em Itabira a partir de 1911. O ferro bruto era escoado de Minas até o porto de Vitória, no Espírito Santo, pelos vagões da Estrada de Ferro Vitória a Minas, cujo controle acionário também pertencia à companhia inglesa. A Itabira Iron foi desativada em 1942 e cedeu lugar à Companhia Vale do Rio Doce, uma empresa de capital misto, controlada pelo Estado brasileiro e criada naquele mesmo ano, durante a Segunda Guerra Mundial, com o objetivo imediato de suprir com ferro bruto a indústria aliada no esforço de guerra. Os ingleses devolveram as jazidas, os norte-americanos entraram com financiamento milionário, os mineiros entregaram as montanhas. Foi então que a serra fugiu, conta Drummond, em "A montanha pulverizada". Esteve ali desde sempre, com seu brilho azulado. Um dia, o sol nasceu, e ela tinha desaparecido: "Esta manhã acordo e / não a encontro. / Britada em bilhões de lascas / deslizando em correia transportadora / entupindo 150 vagões / no trem-monstro de 5 locomotivas / – o trem maior do mundo, tomem nota – / foge minha serra, vai / deixando no meu corpo e na paisagem / mísero pó de ferro, e este não passa."

Drummond é um notável contador de histórias. O enredo de um poema pode, por vezes, desdobrar algo de sua trama em outro poema, seja para esclarecer um ponto de vista, ou para fornecer informação

6 José Miguel Wisnik. *Maquinação do mundo*: Drummond e a mineração. São Paulo: Companhia das Letras, 2018. p. 35.

nova sobre o episódio narrado. Em "Segundo dia", por exemplo, o relato da disputa travada por ele no pátio de areia fina do colégio Anchieta, em Friburgo, para ganhar o respeito dos colegas mais velhos, se conta por inteiro. "Sou anarquista", declarou Drummond desabusado, em resposta a pergunta de um deles. Recém-chegado ao internato, ainda tripudiou: "[...] Nem de longe vocês captam / o sublime anarquismo. Sou. / Com muita honra. Mas vocês, que são? / Vocês são uns carneiros / de lã obediente."

Escapou da surra graças à intervenção do padre que vigiava atento a movimentação dos alunos no pátio. O apelido "Anarquista" irá acompanhá-lo durante os dois anos passados no internato dos jesuítas – até ser expulso, por "insubordinação mental", ao final do ano escolar de 1919. Mas vai ser preciso subir a ladeira do Bongue, bem em frente ao casarão senhorial da família Andrade, em Itabira, e remeter a narrativa de "Segundo dia" ao registro de "A Alfredo Duval". Só então o leitor irá conhecer o artesão admirador de Bakunin – e de Tiradentes – que se transformou numa referência intelectual importante para o poeta ainda adolescente, frequentador diário da casinha empoleirada no alto da ladeira, onde ouvia encantado Duval falar durante horas sobre as ideias e as experiências anarquistas:[7] "Meu Santeiro anarquista na varanda / da casinha do Bongue, maquinando / revoluções ao tempo em que modelas / o Menino Jesus, a Santa Virgem / e burrinhos de todas as lapinhas."

São inúmeros os motivos que exibem um fragmento da História incrustado na poética de *Boitempo* — eles orientam a narrativa em cada poema. Mas é preciso atentar para as aparições que retornam de além-túmulo, estão associadas ao mundo público e semipúblico da rua e habitam sem muita cerimônia a cidade de Belo Horizonte. Habitantes especiais, decerto. Afinal, ao narrar essas aparições, o poeta

---

7   Para referências biográficas, ver: José Maria Cançado. *Os sapatos de Orfeu*: biografia de Carlos Drummond de Andrade. São Paulo: Globo, 2012.

dá conta das particularidades desse moderno que fundou a capital de Minas: a progressiva mutilação e retração dos lugares públicos aliada à instalação desde sua origem de um processo tão rotineiro de transformação, degeneração e mudança do espaço urbano que, no limite, impede a cidade de acumular memória. Em Belo Horizonte, relata Drummond, no poema "Dois fantasmas", as aparições se manifestam somente quando o brilho da noite suspende as horas e a meia-noite marca o instante de todas as transgressões, revelando o vazio de uma perda, a solidão de uma ausência, o abandono de um lugar.

É razoável supor, aliás, que os fantasmas retornam como um elemento fundamental na composição de *Boitempo*. Eles fazem aflorar a paradoxal antiguidade da capital mineira – são traços de memória da cidade, conservam e transmitem tudo aquilo que o tempo e a racionalidade modernizante não podem apagar na lembrança da cidade moderna. Na poética memorialista de Drummond, os fantasmas executam a conexão entre a fugacidade dos eventos que formam a história de Belo Horizonte e a duração das lembranças que garantem sua permanência no tempo.

São duas aparições. O fantasma da Serra, natural de Ouro Preto, surge à meia-noite e trinta do nevoeiro de junho nos portões da Rua do Ouro, no bairro da Serra. Grave, pontual, registra a última lembrança que a cidade guarda dos funcionários públicos anônimos, egressos da Ouro Preto destronada. O lugar de sua aparição marca também uma das margens originais de onde principiava a zona suburbana de Belo Horizonte, com suas ruas estreitas e quarteirões irregulares. Para lá, refugiaram-se despossuídos de toda espécie, parcela significativa dos milhares de operários da construção civil a serviço do sonho da modernização de Minas, vagando, depois, sem trabalho. Seu destino, semelhante aos burocratas, foi o esquecimento, a escuridão da noite, o vazio, o ilimitado do espaço urbano.

326

Já o avantesma da Lagoinha, excêntrico, cruel, quase disforme, é um senhor todo de preto, sem rosto, que exala vago cheiro de enxofre e chora um choro convulsivo. Ao inverso da Serra, a Lagoinha era o lugar do jogo, da prostituição, da boêmia – a margem que separava a cidade que se imaginava modernista, de sua gente, insalubre e extraviada. Hoje em dia, a face mais visível do bairro foi inteiramente demolida. O que sobrou vem sendo sugado pelo complexo de viadutos que se esparrama em direção à Pampulha. Nas madrugadas de lua cheia, talvez o avantesma da Lagoinha ainda se pendure pelas bordas dos viadutos, assustando os motoristas que trafegam por ali. Uma iluminação repentina, destacada, isolada, ligeiramente patética, balançando como efeito de luz no volume das sombras dos viadutos. Em seguida, conta Drummond: "dissolve-se qual sonho / que não quer ser sonhado."

Mas o leitor não se assuste. Caminhar pelas cidades que a memória do poeta de *Boitempo* transformou em versos é efetivamente um modo de contar a história e um convite à aventura. Acende a imaginação, despoja o cotidiano do seu peso, escava nossas lembranças em busca de um motivo – ou de um sinal de mistério – para modular o pensamento e, por vezes, sonhar. Cabe conferir. Pensando bem, talvez seja prudente reservar algum tempo. Neste livro, uma história chama por outra história que revela dentro dela uma terceira que encarrilha o início de uma quarta e assim segue constante a narrativa do poeta. Compensa também estar atento a uma última recomendação de Drummond. Se a noite avançar, se o leitor, insone, seguir caminhando pela rua sem apressar o passo, se seu rumo for afortunado, quem sabe, então, seja possível reparar, ainda que de relance, como em um espelho, "nessa estrelinha, pálida, suja, na água do Arrudas".

CRONOLOGIA
NA ÉPOCA DO LANÇAMENTO
(1970-1976)

1970

CDA:

– Publica *Caminhos de João Brandão,* pela Editora José Olympio.

– Publica o conto "Meu companheiro" na *Antologia de contos brasileiros de bichos,* organizada por Hélio Pólvora e Cyro de Mattos, pela Editora Bloch.

– Publicada em Cuba a coletânea *Poemas,* com introdução, seleção e notas de Muñoz-Unsain, pela Casa de las Américas.

Literatura brasileira:

– É publicado postumamente o livro de contos *Ave, palavra,* de João Guimarães Rosa.

– Armando Freitas Filho publica o livro de poemas *Marca registrada.*

– Alfredo Bosi publica *História concisa da literatura brasileira.*

– Augusto de Campos publica o livro de poemas *Equivocábulos.*

– Lygia Fagundes Telles publica o livro de contos *Antes do baile verde.*

– Murilo Mendes publica o livro de poemas *Convergência.*

– Menotti del Picchia inicia a publicação de seu livro de memórias, *A longa viagem,* em dois volumes.

– Caio Fernando Abreu publica o romance *Limite branco* e o livro de contos *Inventário do irremediável*.

Vida nacional:

– Brasil vence a Itália e torna-se tricampeão mundial de futebol. "Que é de meu coração? Está no México, / voou certeiro, sem me consultar, / (...) / e vira coração de torcedor, / torce, retorce e se distorce todo, / grita: Brasil! com fúria e com amor" (do poema "Copa do Mundo de 70", em *Versiprosa*).

– Durante o governo do general Emílio Garrastazu Médici, o embaixador da Suíça, Giovanni Enrico Bucher, é sequestrado pela Vanguarda Popular Revolucionária (VPR), no Rio de Janeiro. Sua libertação se dá em troca do exílio, no Chile, de setenta presos políticos da ditadura militar brasileira.

– O Esquadrão da Morte é organizado clandestinamente pelas forças da repressão para eliminar adversários da ditadura.

– Criação do Movimento Brasileiro de Alfabetização (Mobral), voltado para a escolarização de adultos. Os gastos do Governo Federal com educação caem de 11,2%, em 1962, para 5,4%.

– Decretada a censura prévia a jornais, revistas, livros, músicas, filmes e peças de teatro, com o intuito de impedir a divulgação de ideias contrárias "à moral e aos bons costumes".

– A repressão política recrudesce com prisão e assassinato de líderes sindicais, dirigentes políticos, padres e estudantes.

– Criação do Instituto Nacional de Colonização e Reforma Agrária (Incra).

– Surge o "cinema marginal", uma reação contra a intolerância política e a opressão cultural.

Mundo:

– Salvador Allende é eleito presidente do Chile.

– O general Marcelo Roberto Levingston assume a presidência da República Argentina, ao derrubar o general Juan Carlos Onganía.

– É anunciada oficialmente a separação dos Beatles.

– Anwar Sadat é eleito presidente do Egito.

– O cônsul brasileiro Aloysio Dias Gomide é sequestrado em Montevidéu pelo grupo guerrilheiro Tupamaros.

– O ex-presidente da Argentina, general Pedro Eugenio Aramburu, é sequestrado, julgado e executado pelo grupo terrorista Montoneros.

1971

CDA:

– Publicação da *Seleta em prosa e verso*, com estudo e notas de Gilberto Mendonça Teles, pela Editora José Olympio.

– Participa da coletânea, lançada pela Editora Sabiá, *Elenco de cronistas modernos*, com Clarice Lispector, Fernando Sabino, Manuel Bandeira, Paulo Mendes Campos, Rachel de Queiroz e Rubem Braga.

– Participa, com o texto "Um escritor nasce e morre", do livro *An Anthology of Brazilian Prose*, lançado pela Editora Ática.

Literatura brasileira:

– Antonio Callado publica o romance *Bar Don Juan*.

– Erico Verissimo publica o romance *Incidente em Antares*.

– João Ubaldo Ribeiro publica o romance *Sargento Getúlio*.

– Adonias Filho publica o romance *Luanda Beira Bahia*.

– Ariano Suassuna publica *O Romance d'A Pedra do Reino e o Príncipe do Sangue do Vai-e-Volta*.

– Clarice Lispector publica o livro de contos *Felicidade clandestina*.

– José Cândido de Carvalho publica o livro de contos *Porque Lulu Bergantim não atravessou o Rubicon*.

Vida nacional:

– O governo do general Médici decide baixar decretos "secretos".

– Inaugurado, pela Embratel, o serviço de DDD (discagem direta a distância).

– Governo implanta nas escolas o ensino obrigatório da matéria Educação Moral e Cívica.

– O deputado Rubens Paiva é sequestrado e morto pelas forças da repressão.

– A Marinha do Brasil instala na Ilha das Flores, no Rio de Janeiro, centro de treinamento para agentes especializados em técnicas de interrogatório e de tortura de presos políticos.

– O capitão Lamarca é morto no sertão da Bahia, e sua namorada, Iara Iavelberg, em Salvador.

– Em desfile de moda no Consulado do Brasil em Nova Iorque, a estilista Zuzu Angel denuncia a tortura e o assassinato de seu filho, Stuart Angel.

– Em jogo realizado no Maracanã, Pelé se despede da Seleção Brasileira.

Mundo:

– Em Washington, protesto de 500 mil pessoas contra a guerra do Vietnã.

– China ingressa na Organização das Nações Unidas (ONU).

– Governo de Salvador Allende nacionaliza as minas de cobre chilenas.

– Suíça realiza plebiscito, só de homens, garantindo o direito de voto às mulheres.

– Os setores ocidental e oriental de Berlim reestabelecem a comunicação por telefone, interrompida em 1950.

– A Organização dos Países Exportadores de Petróleo (OPEP) decide fixar unilateralmente o preço do produto.

– O general Alejandro Augustín Lanusse assume a presidência da República Argentina, ao derrubar o general Roberto Marcelo Levingston.

– O poeta chileno Pablo Neruda recebe o Prêmio Nobel de Literatura.

1972

CDA:

– Suplementos dos principais jornais brasileiros celebram os 70 anos de Drummond.

– É publicado, pela editora Diagraphis, *D. Quixote Cervantes Portinari Drummond*, com 21 desenhos de Candido Portinari e glosas de Carlos Drummond de Andrade, depois incluídas no livro *As impurezas do branco*, de 1973.

– Viaja a Buenos Aires com a esposa para visitar a família Maria Julieta, sua filha.

– Publica *O poder ultrajovem*, pela Editora José Olympio.

Literatura brasileira:

– Jorge Amado publica o romance *Tereza Batista cansada de guerra*.

– Antônio Torres publica o romance *Um cão uivando para a lua*.

– Nélida Piñon publica o romance *A casa da paixão*.

– Pedro Nava publica *Baú de ossos*, primeiro volume de suas memórias.

– José Cândido de Carvalho publica o livro de contos *Um ninho de mafagafes cheio de mafagafinhos* e o de crônicas *Ninguém mata o arco-íris*.

– Murilo Mendes publica o livro de poemas *Poliedro*.

Vida nacional:

– Primeira exibição da TV em cores no Brasil.

– As Forças Armadas derrotam a guerrilha do Araguaia.

– Lançamento do semanário *Opinião*, editado por Fernando Gasparian, de oposição à ditadura militar.

– Inaugurada, em Brasília, a Escola Nacional de Informações do Serviço Nacional de Informações (SNI).

– Na comemoração do Sesquicentenário da Independência, os restos mortais de D. Pedro I são transferidos de Lisboa para o Museu do Ipiranga, em São Paulo.

– O piloto brasileiro Emerson Fittipaldi sagra-se campeão mundial de Fórmula 1 pela primeira vez.

– O enxadrista brasileiro Henrique Mecking (Mequinho) recebe o título de Grande Mestre Internacional.

– O cantor e compositor Caetano Veloso retorna ao Brasil, após exílio em Londres.

– Petrobras inaugura a maior refinaria de petróleo do país, em Paulínia (SP).

– O Brasil ultrapassa os 100 milhões de habitantes.

– Inauguração de trecho da Rodovia Transamazônica, pelo presidente Médici.

Mundo:

– Grupo terrorista Setembro Negro, ligado à Organização para a Libertação da Palestina (OLP), promove massacre de atletas israelenses na Olimpíada de Munique, na Alemanha.

– Estoura o escândalo político de Watergate, nos EUA, que levará à renúncia do presidente Nixon em 1974.

– Terremoto na Nicarágua causa 10 mil mortes.

1973

CDA:

– Publica *As impurezas do branco,* que receberá, em 1974, o prêmio de melhor livro de poesia do ano, da Associação Paulista de Críticos de Arte (APCA).

– Publica *Menino antigo (Boitempo II),* pela Editora José Olympio e Instituto Nacional do Livro (INL).

– Publicação de *La bolsa & la vida,* em Buenos Aires, com tradução de María Rosa Oliver, pela Ediciones de la Flor.

– Publicação, em Paris, da coletânea *Réunion,* com tradução de Jean--Michel Massa, pela Editora Aubier-Montaigne.

Literatura brasileira:

– Chico Buarque de Holanda e Ruy Guerra publicam a peça *Calabar, o elogio da traição,* que teve sua encenação proibida pela ditadura.

– É exibida a telenovela *O Bem-Amado,* de Dias Gomes, grande êxito da TV brasileira, posteriormente transformada em livro e filme.

– Lygia Fagundes Telles publica o romance *As meninas.*

– Osman Lins publica o romance *Avalovara.*

– Clarice Lispector publica o romance *Água viva* e o livro de contos *A imitação da rosa.*

– Carlos Heitor Cony publica o romance *Pilatos.*

– Antônio Torres publica o romance *Os homens dos pés redondos.*

– Rubem Fonseca publica o romance *O caso Morel* e o livro de contos *O homem de fevereiro ou março.*

– Nélida Piñon publica o livro de contos *Sala de armas.*

– Adonias Filho publica o ensaio *Estradas do Brasil.*

– Murilo Mendes publica o livro de poemas *Retratos-relâmpago —* 1ª *série.*

– Mário Quintana publicada o livro de poemas *Caderno H.*

Vida nacional:

– O deputado federal Ulysses Guimarães se apresenta como "anti-candidato" à presidência da República.

– Realiza-se a primeira edição do Festival de Cinema de Gramado. O premiado foi Arnaldo Jabor, com o filme *Toda nudez será castigada*.

– O crescimento da economia brasileira vai de 10,4% em 1970 a 13,9% em 1973. É o chamado "milagre econômico", ostensivamente exaltado nos meios de comunicação com o slogan oficial "Pra frente, Brasil".

– O cacique Mário Juruna surge no cenário político e, mais tarde, em 1982, elege-se deputado federal pelo Partido Democrático Trabalhista (PDT).

– Dom Paulo Evaristo Arns é feito Cardeal de São Paulo pelo Papa Paulo VI.

– Governo Federal sanciona o Estatuto do Índio.

Mundo:

– Em cumprimento do Acordo de Paris, os Estados Unidos retiram suas tropas da Guerra do Vietnã, que chegará ao fim em 1975.

– Governo uruguaio, com apoio dos militares, dá golpe de estado, fechando o Senado e a Câmara dos Deputados.

– Juan Domingo Perón volta a residir na Argentina, após 18 anos de exílio, e acaba por assumir, pela terceira vez, a presidência da República.

– Liderado pelo general Augusto Pinochet, golpe militar no Chile derruba o presidente Salvador Allende.

– O aborto é legalizado nos EUA.

– Estoura a Guerra do Yom Kipur, ou Guerra Árabe-Israelense, com o ataque da Síria e do Egito a Israel, que vence o confronto.

– Fome mata mais de 100 mil pessoas na Etiópia.

– Falecem os "três grandes Pablos": Picasso, em 8 de abril; Neruda, em 23 de setembro, e o violoncelista Casals, em 22 de outubro.

1974

CDA:

– Lançamento do documentário *O fazendeiro do ar*, sobre Drummond, de David Neves e Fernando Sabino.
– Torna-se membro honorário da Association of Teachers of Spanish and Portuguese, nos Estados Unidos.
– Publica *De notícias & não notícias faz-se a crônica*, pela Editora José Olympio.
– Concede a Fernando Sabino uma entrevista publicada na *Revista de Cultura Brasileña* (Madri), n. 38, de dezembro, sob o título "Habla el poeta de nuestro tiempo".

Literatura brasileira:

– Augusto de Campos publica, em colaboração com Julio Plaza, o livro de poemas-objetos *Poemóbiles*.
– Hilda Hilst publica o livro de poemas *Júbilo, memória, noviciado da paixão*.
– Nélida Piñon publica o romance *Tebas do meu coração*.
– Clarice Lispector publica os romances *A via-crúcis do corpo* e *Onde estivestes de noite*.
– Caio Fernando Abreu publica o romance *Ovelhas negras*.
– O poeta Cacaso publica o livro *Grupo escolar*.
– João Ubaldo Ribeiro publica o livro de contos *Vencecavalo e o outro povo*.
– Murilo Rubião publica os livros de contos *O pirotécnico Zacarias* e *O convidado*.

– É publicado na Itália o livro *Marrakech*, com litografias de G. I. Giovannola sobre um texto poético de Murilo Mendes.

Vida nacional:

– O general Ernesto Geisel assume a presidência da República.

– Inauguração da Ponte Rio-Niterói.

– Inauguração do Metrô de São Paulo.

– Criação da empresa Companhia Binacional de Itaipu, para a construção da maior hidrelétrica brasileira, na fronteira com o Paraguai.

– Realização de eleições parlamentares, com a vitória de 75 deputados federais e 16 senadores de oposição ao governo militar.

– O deputado federal Teotônio Vilela percorre o país numa cruzada cívica em defesa da anistia, da democracia e da justiça social.

– Incêndio do edifício Joelma, em São Paulo, causa 188 mortos.

– Passa a vigorar o novo Código de Processo Civil.

– Início da censura prévia no rádio e na televisão.

– Petrobras descobre petróleo na bacia de Campos (RJ).

Mundo:

– No dia 25 de abril, a Revolução dos Cravos põe fim à ditadura em Portugal.

– Com a morte do general Perón, sua esposa, a vice-presidente María Estela Martínez de Perón, Isabelita, assume o poder na Argentina.

– Brasil reestabelece relações diplomáticas com a China.

1975

CDA:

– Publica, pela Editora Alumbramento, o livro de poemas *Amor, amores*, ilustrado por Carlos Leão.

– Recebe o Prêmio Nacional Walmap de Literatura.

– Recusa, por motivo políticos, o Prêmio Brasília de Literatura, da Fundação Cultural do Distrito Federal.

– Diante da morte de seu amigo escritor, publica o poema "A falta de Erico Verissimo": "Falta alguma coisa no Brasil (...) / Falta uma tristeza de menino bom (...) / Falta um boné, aquele jeito manso (...) / Falta um solo de clarineta."

– Publica o texto "O que se passa na cama", no *Livro de cabeceira do homem*, v. 1, pela Editora Civilização Brasileira.

Literatura brasileira:

– Ferreira Gullar publica a coletânea de poemas *Dentro da noite veloz*.

– Armando Freitas Filho publica o livro de poemas *De corpo presente*.

– O sociólogo Florestan Fernandes publica *Revolução burguesa no Brasil*.

– Odete Lara publica *Eu nua,* sua autobiografia.

– João Cabral de Melo Neto publica o livro de poemas *Museu de tudo*.

– João Antônio publica o livro de contos *Leão de chácara*.

– Lançamento do *Novo Dicionário Brasileiro da Língua Portuguesa,* por Aurélio Buarque de Holanda Ferreira.

– Caio Fernando Abreu publica o livro de contos *O ovo apunhalado*.

– Adonias Filho publica o romance *As velhas*.

– Osman Lins publica a peça *Santa, automóvel e o soldado*.

– Rubem Fonseca publica o livro de contos *Feliz ano novo*.

Vida nacional:

– O jornalista Vladimir Herzog é encontrado morto no DOI-Codi, em São Paulo. Sua morte provoca grande manifestação pública contra a ditadura, na Praça da Sé.

– Fusão dos estados da Guanabara, antigo Distrito Federal, e do Rio de Janeiro, formando uma só unidade federativa.

– O movimento negro se fortalece nas principais cidades, particularmente em São Paulo, Rio de Janeiro, Belo Horizonte e Porto Alegre, com congressos, jornais e vitórias em eleições.

– Firmado o Tratado de Cooperação Nuclear entre Brasil e Alemanha.

– Governo lança o Plano Nacional de Cultura, submetendo as atividades do setor à Política de Segurança Nacional.

– Criação do Programa Nacional do Álcool (Proálcool).

Mundo:

– Morre o ditador Francisco Franco e o príncipe Juan Carlos é proclamado rei da Espanha.

– Fim da guerra do Vietnã, com a vitória do Vietnã do Norte e a reunificação do país, tendo Hanói como capital.

– Angola proclama sua independência. A ex-colônia portuguesa passa a chamar-se República Popular de Angola, cujo primeiro presidente é o poeta Agostinho Neto.

– Golpe militar no Peru derruba o general Alvarado, assumindo o poder o general Francisco Morales Bermúdez.

– Pol Pot assume o poder no Camboja, dando início a uma ditadura genocida.

– A empresa Microsoft é fundada, em Albuquerque (EUA), por Bill Gates e Paul Allen.

1976

CDA:

– Indignado com os rumos da capital mineira, publica o poema "Triste horizonte", no *Jornal do Brasil*.

– Publicada a tradução da coletânea *Poemas*, em Lima (Peru), com tradução de Leonidas Cevallos, pelo Centro de Estudios Brasileños.

Literatura brasileira:

– Com o apoio de Drummond, a poeta Adélia Prado publica seu primeiro livro, *Bagagem*.

– Darcy Ribeiro publica o romance *Maíra*.

– José Louzeiro publica o livro *Aracelli, meu amor*.

– Haroldo de Campos lança a antologia de sua obra *Xadrez de estrelas: percurso textual, 1949-1974*.

– Lançada a *Enciclopédia Mirador Internacional*, versão brasileira da *Enciclopédia Britânica*, em vinte volumes, coordenada por Antônio Houaiss.

– São censurados os romances *Aracelli, meu amor*, de José Louzeiro, e *Zero*, de Ignácio de Loyola Brandão.

Vida nacional:

– No período de dez meses, falecem três importantes líderes da oposição ao governo militar: Juscelino Kubitschek, em 22 de agosto, João Goulart, em 6 de dezembro, e Carlos Lacerda, em 21 de maio de 1977.

– A montadora italiana Fiat instala uma fábrica de automóveis em Betim (MG).

– Governo baiano extingue a exigência de registro policial para os cultos afro-brasileiros.

– Início de um lento processo de redemocratização, a partir da dissolução, nas universidades federais, dos núcleos de segurança criados pelo governo militar.

– Assassinato do operário Manoel Fiel Filho, no DOI-Codi de São Paulo, provoca destituição do comandante do II Exército, pelo presidente Geisel.

– Surge a revista semanal *IstoÉ*, dirigida por Mino Carta.

– A Sociedade Brasileira para o Progresso da Ciência (SBPC) realiza a 28ª Reunião Anual, em Brasília, durante a qual a comunidade científica defende a democracia.

– A estilista Zuzu Angel morre em "acidente" de automóvel no Rio de Janeiro, após denunciar o assassinato de seu filho pela ditadura brasileira.

– Inauguração da Rodovia dos Imigrantes, ligando São Paulo a Santos.

– Promulgada a Lei Falcão, que restringe a propaganda eleitoral.

– Associação Brasileira de Imprensa (ABI) e Ordem dos Advogados do Brasil (OAB) sofrem atentados a bomba, no Rio de Janeiro.

Mundo:

– Golpe derruba Isabelita Perón e junta militar proclama o general Jorge Rafael Videla presidente da República. Inicia-se a repressão, com milhares de "desaparecidos".

– Cento e dezenove obras de Picasso são roubadas do Palácio dos Papas, em Avignon, França.

– A Apple Computer Company é fundada na Califórnia, por Steve Jobs e Steve Wozniak.

– Nave espacial norte-americana *Viking I* pousa em Marte e envia imagens da superfície do planeta.

BIBLIOGRAFIA DE
CARLOS DRUMMOND DE ANDRADE

POESIA:

Alguma poesia. Belo Horizonte: Edições Pindorama, 1930.

Brejo das almas. Belo Horizonte: Os Amigos do Livro, 1934.

Sentimento do mundo. Rio de Janeiro: Pongetti, 1940.

Poesias. Rio de Janeiro: José Olympio, 1942. [*Alguma poesia, Brejo das almas, Sentimento do mundo, José.*]*

A rosa do povo. Rio de Janeiro: José Olympio, 1945.

Poesia até agora. Rio de Janeiro: José Olympio, 1948. [*Alguma poesia, Brejo das almas, Sentimento do mundo, José, A rosa do povo, Novos poemas.*]

Claro enigma. Rio de Janeiro: José Olympio, 1951.

Viola de bolso. Rio de Janeiro: Serviço de Documentação do MEC, 1952.

Fazendeiro do ar & Poesia até agora. Rio de Janeiro: José Olympio, 1954.

Viola de bolso novamente encordoada. Rio de Janeiro: José Olympio, 1955.

50 poemas escolhidos pelo autor. Rio de Janeiro: Serviço de Documentação do MEC, 1956.

---

* A presente bibliografia de Carlos Drummond de Andrade restringe-se às primeiras edições de seus livros, excetuando obras renomeadas. Nos casos em que os livros não tiveram primeira edição independente, os respectivos títulos aparecem entre colchetes juntamente com os demais a compor a coletânea na qual vieram a público pela primeira vez. [*N. do E.*]

Poemas. Rio de Janeiro: José Olympio, 1959. [*Alguma poesia, Brejo das almas, Sentimento do mundo, José, A rosa do povo, Novos poemas, Claro enigma, Fazendeiro do ar* e *A vida passada a limpo.*]

Antologia poética. Rio de Janeiro: Editora do Autor, 1962.

Lição de coisas. Rio de Janeiro: José Olympio, 1962.

José & outros. Rio de Janeiro: José Olympio, 1967. [*José, Novos poemas, Fazendeiro do ar, A vida passada a limpo, 4 poemas, Viola de bolso II.*]

Versiprosa. Rio de Janeiro: José Olympio, 1967.

Boitempo & A falta que ama. [*(In) Memória – Boitempo I.*] Rio de Janeiro: Sabiá, 1968.

Reunião: 10 livros de poesia. Introdução de Antonio Houaiss. Rio de Janeiro: José Olympio, 1969. [*Alguma poesia, Brejo das almas, Sentimento do mundo, José, A rosa do povo, Novos poemas, Claro enigma, Fazendeiro do ar, A vida passada a limpo, Lição de coisas* e *4 poemas.*]

As impurezas do branco. Rio de Janeiro: José Olympio, 1973.

Menino antigo (*Boitempo II*). Rio de Janeiro: José Olympio; Brasília: Instituto Nacional do Livro, 1973.

Esquecer para lembrar (*Boitempo III*). Rio de Janeiro: José Olympio, 1979.

A paixão medida. Ilustrações de Emeric Marcier. Rio de Janeiro: Alumbramento, 1980.

Nova reunião: 19 livros de poesia. 2 vols. Rio de Janeiro: José Olympio; Brasília: Instituto Nacional do Livro, 1983.

O elefante. Ilustrações de Regina Vater. Rio de Janeiro: Record, 1983.

Corpo. Ilustrações de Carlos Leão. Rio de Janeiro: Record, 1984.

Amar se aprende amando. Capa de Anna Leticya. Rio de Janeiro: Record, 1985.

Boitempo I e II. Rio de Janeiro: Record, 1987.

Poesia errante: derrames líricos (e outros nem tanto, ou nada). Rio de Janeiro: Record, 1988.

O amor natural. Ilustrações de Milton Dacosta. Rio de Janeiro: Record, 1992.

Farewell. Vinhetas de Pedro Augusto Graña Drummond. Rio de Janeiro: Record, 1996.

Poesia completa: volume único. Fixação de texto e notas de Gilberto Mendonça Teles. Introdução de Silviano Santiago. Rio de Janeiro: Nova Aguilar, 2002.

Declaração de amor, canção de namorados. Organização de Pedro Augusto Graña Drummond e Luis Mauricio Graña Drummond. Rio de Janeiro: Record, 2005.

Versos de circunstância. Organização de Eucanaã Ferraz. São Paulo: Instituto Moreira Salles, 2011.

Nova reunião: 23 livros de poesia. 3 vols. Rio de Janeiro: BestBolso, 2013.

CONTO:

O gerente. Rio de Janeiro: Horizonte, 1945.

Contos de aprendiz. Rio de Janeiro: José Olympio, 1951.

70 historinhas. Rio de Janeiro: José Olympio, 1978.

Contos plausíveis. Ilustrações de Irene Peixoto e Márcia Cabral. Rio de Janeiro: José Olympio; Editora JB, 1981.

Histórias para o rei. Rio de Janeiro: Record, 1997.

CRÔNICA:

Fala, amendoeira. Rio de Janeiro: José Olympio, 1957.

A bolsa & a vida. Rio de Janeiro: Editora do Autor, 1962.

Para gostar de ler. Com Fernando Sabino, Paulo Mendes Campos e Rubem Braga. Rio de Janeiro: Editora do Autor, 1962.

Quadrante. Com Cecília Meireles, Dinah Silveira de Queiroz, Fernando Sabino, Manuel Bandeira, Paulo Mendes Campos e Rubem Braga. Rio de Janeiro: Editora do Autor, 1962.

Quadrante II. Com Cecília Meireles, Dinah Silveira de Queiroz, Fernando Sabino, Manuel Bandeira, Paulo Mendes Campos e Rubem Braga. Rio de Janeiro: Editora do Autor, 1962.

Cadeira de balanço. Rio de Janeiro: José Olympio, 1966.

Caminhos de João Brandão. Rio de Janeiro: José Olympio, 1970.

O poder ultrajovem. Rio de Janeiro: José Olympio, 1972.

De notícias & não notícias faz-se a crônica: histórias, diálogos, divagações. Rio de Janeiro: José Olympio, 1974.

Os dias lindos. Rio de Janeiro: José Olympio, 1977.

Crônica das favelas cariocas. Rio de Janeiro: [edição particular], 1981.

Boca de luar. Rio de Janeiro: Record, 1984.

Crônicas 1930-1934. Crônicas de Drummond assinadas com os pseudônimos Antônio Crispim e Barba Azul. *Revista do Arquivo Público Mineiro*, Belo Horizonte, ano XXXV, 1984.

Moça deitada na grama. Rio de Janeiro: Record, 1987.

Autorretrato e outras crônicas. Seleção de Fernando Py. Rio de Janeiro: Record, 1989.

Quando é dia de futebol. Organização de Pedro Augusto Graña Drummond e Luis Mauricio Graña Drummond. Rio de Janeiro: Record, 2002.

Receita de Ano Novo. Organização de Pedro Augusto Graña Drummond e Luis Mauricio Graña Drummond. Ilustrações de Mariana Massarani. Rio de Janeiro: Record, 2008.

OBRA REUNIDA:

Obra completa. Estudo crítico de Emanuel de Moraes, fortuna crítica, cronologia e bibliografia. Rio de Janeiro: Nova Aguilar, 1964.

Poesia completa e prosa. Estudo crítico de Emanuel de Moraes, fortuna crítica, cronologia e bibliografia. Rio de Janeiro: Nova Aguilar, 1973.

Poesia e prosa. Estudo crítico de Emanuel de Moraes, fortuna crítica, cronologia e bibliografia. Rio de Janeiro: Nova Aguilar, 1979.

ENSAIO E CRÍTICA:

Confissões de Minas. Rio de Janeiro: Americ-Edit, 1944.

García Lorca e a cultura espanhola. Rio de Janeiro: Ateneu Garcia Lorca, 1946.

Passeios na ilha: divagações sobre a vida literária e outras matérias. Rio de Janeiro: Simões, 1952.

O observador no escritório. Rio de Janeiro: Record, 1985.

O avesso das coisas: aforismos. Ilustrações de Jimmy Scott. Rio de Janeiro: Record, 1987.

Conversa de livraria 1941 e 1948. Reunião de textos assinados sob os pseudônimos de O Observador Literário e Policarpo Quaresma, Neto. Porto Alegre: AGE; São Paulo: Giordano, 2000.

Amor nenhum dispensa uma gota de ácido: escritos de Carlos Drummond de Andrade sobre Machado de Assis. Organização de Hélio de Seixas Guimarães. São Paulo: Três Estrelas, 2019.

INFANTIL:

O pipoqueiro da esquina. Ilustrações de Ziraldo. Rio de Janeiro: Codecri, 1981.

História de dois amores. Ilustrações de Ziraldo. Rio de Janeiro: Record, 1985.

O sorvete e outras histórias. São Paulo: Ática, 1993.

A cor de cada um. Rio de Janeiro: Record, 1996.

A senha do mundo. Rio de Janeiro: Record, 1996.

Criança dagora é fogo. Rio de Janeiro: Record, 1996.

Vó caiu na piscina. Rio de Janeiro: Record, 1996.

Rick e a girafa. Ilustrações de Maria Eugênia. São Paulo: Ática, 2001.

Menino Drummond. Ilustrações de Angela Lago. São Paulo: Companhia das Letrinhas, 2021.

BIBLIOGRAFIA SOBRE
CARLOS DRUMMOND DE ANDRADE
(SELETA)

ACHCAR, Francisco. *A rosa do povo & Claro enigma*: roteiro de leitura. São Paulo: Ática, 1993.

AGUILERA, Maria Veronica Silva Vilariño. *Carlos Drummond de Andrade*: a poética do cotidiano. Rio de Janeiro: Expressão e Cultura, 2002.

AMZALAK, José Luiz. *De Minas ao mundo vasto mundo*: do provinciano ao universal na poética de Carlos Drummond de Andrade. São Paulo: Navegar, 2003.

ANDRADE, Carlos Drummond; SARAIVA, Arnaldo (orgs.). *Uma pedra no meio do caminho*: biografia de um poema. Apresentação de Arnaldo Saraiva. Rio de Janeiro: Editora do Autor, 1967.

ARQUIVO-MUSEU DE LITERATURA BRASILEIRA. *Inventário do Arquivo Carlos Drummond de Andrade*. Apresentação de Eliane Vasconcelos. Rio de Janeiro: Fundação Casa de Rui Barbosa, 1998.

ARRIGUCCI JR., Davi. *Coração partido*: uma análise da poesia reflexiva de Drummond. São Paulo: Cosac Naify, 2002.

BARBOSA, Rita de Cássia. *Poemas eróticos de Carlos Drummond de Andrade*. São Paulo: Ática, 1987.

BISCHOF, Betina. *Razão da recusa*: um estudo da poesia de Carlos Drummond de Andrade. São Paulo: Nankin, 2005.

BOSI, Alfredo. *Três leituras*: Machado, Drummond, Carpeaux. São Paulo: 34, 2017.

BRASIL, Assis. *Carlos Drummond de Andrade*: ensaio. Rio de Janeiro: Livros do Mundo Inteiro, 1971.

BRAYNER, Sônia (org.). *Carlos Drummond de Andrade*. Coleção Fortuna Crítica 1. Rio de Janeiro: Civilização Brasileira, 1977.

CAMILO, Vagner. *Drummond*: da rosa do povo à rosa das trevas. São Paulo: Ateliê, 2001.

CAMINHA, Edmílson (org.). *Drummond*: a lição do poeta. Teresina: Corisco, 2002.

_____. *O poeta Carlos & outros Drummonds*. Brasília: Thesaurus, 2017.

CAMPOS, Haroldo de. *A máquina do mundo repensada*. São Paulo: Ateliê, 2000.

CAMPOS, Maria José. *Drummond e a memória do mundo*. Belo Horizonte: Anome Livros, 2010.

CANÇADO, José Maria. *Os sapatos de Orfeu*: biografia de Carlos Drummond de Andrade. São Paulo: Scritta, 1993.

CARVALHO, Leda Maria Lage. *O afeto em Drummond*: da família à humanidade. Itabira: Dom Bosco, 2007.

CHAVES, Rita. *Carlos Drummond de Andrade*. São Paulo: Scipione, 1993.

COÊLHO, Joaquim-Francisco. *Terra e família na poesia de Carlos Drummond de Andrade*. Belém: Universidade Federal do Pará, 1973.

CORREIA, Marlene de Castro. *Drummond*: a magia lúcida. Rio de Janeiro: Jorge Zahar, 2002.

COSTA, Francisca Alves Teles. *O constante diálogo na poesia de Carlos Drummond de Andrade*. Fortaleza: Secretaria de Cultura e Desporto, 1987.

COUTO, Ozório. *A mesa de Carlos Drummond de Andrade*. Ilustrações de Yara Tupynambá. Belo Horizonte: ADI Edições, 2011.

CRUZ, Domingos Gonzalez. *No meio do caminho tinha Itabira*: a presença de ltabira na obra de Carlos Drummond de Andrade. Rio de Janeiro: Achiamé; Calunga, 1980.

CUNHA, Maria Antonieta Antunes. *O discurso indireto livre em Carlos Drummond de Andrade*. Belo Horizonte: Imprensa Oficial, 1971.

_____. *Carlos Drummond de Andrade*. São Paulo: Moderna, 2006.

CURY, Maria Zilda Ferreira. *Horizontes modernistas*: o jovem Drummond e seu grupo em papel jornal. Belo Horizonte: Autêntica, 1998.

DALL'ALBA, Eduardo. *Drummond*: a construção do enigma. Caxias do Sul: EDUCS, 1998.

_____. *Noite e música na poesia de Carlos Drummond de Andrade*. Porto Alegre: AGE, 2003.

DIAS, Márcio Roberto Soares. *Da cidade ao mundo*: notas sobre o lirismo urbano de Carlos Drummond de Andrade. Vitória da Conquista: Edições UESB, 2006.

FERREIRA, Diva. *De Itabira... um poeta*. Itabira: Saitec Editoração, 2004.

GALDINO, Márcio da Rocha. *O cinéfilo anarquista*: Carlos Drummond de Andrade e o cinema. Belo Horizonte: BDMG, 1991.

GARCIA, Nice Seródio. *A criação lexical em Carlos Drummond de Andrade*. Rio de Janeiro: Rio, 1977.

GARCIA, Othon Moacyr. *Esfinge clara*: palavra-puxa-palavra em Carlos Drummond de Andrade. Rio de Janeiro: São José, 1955.

GLEDSON, John. *Poesia e poética de Carlos Drummond de Andrade*. Tradução do autor. São Paulo: Duas Cidades, 1982.

_____. *Influências e impasses: Drummond e alguns contemporâneos*. São Paulo: Companhia das Letras, 2003.

GUIMARÃES, Júlio Castañon. *Distribuição de papéis*: Murilo Mendes escreve a Carlos Drummond de Andrade e a Lúcio Cardoso. Rio de Janeiro: Fundação Casa de Rui Barbosa, 1996.

GUIMARÃES, Raquel Beatriz Junqueira. *Pedro Nava, leitor de Drummond*. Campinas: Pontes, 2002.

HOUAISS, Antonio. *Drummond mais seis poetas e um problema*. Rio de Janeiro: Imago, 1976.

INOJOSA, Joaquim. *Os Andrades e outros aspectos do Modernismo*. Rio de Janeiro: Civilização Brasileira, 1975.

KINSELLA, John. *Diálogo de conflito*: a poesia de Carlos Drummond de Andrade. Natal: Editora da UFRN, 1995.

LAUS, Lausimar. *O mistério do homem na obra de Drummond*. Rio de Janeiro: Tempo Brasileiro; Brasília: Instituto Nacional do Livro, 1978.

LIMA, Mirella Vieira. *Confidência mineira*: o amor na poesia de Carlos Drummond de Andrade. Campinas: Pontes; São Paulo: EDUSP, 1995.

LINHARES FILHO. *O amor e outros aspectos em Drummond*. Fortaleza: Editora UFC, 2002.

LOPES, Carlos Herculano. *O vestido*. São Paulo: Geração Editorial, 2004.

LUCAS, Fábio. *O poeta e a mídia*: Carlos Drummond de Andrade e João Cabral de Melo Neto. São Paulo: Senac, 2003.

MAIA, Maria Auxiliadora. *Viagem ao mundo gauche de Drummond*. Salvador: Edição da autora, 1984.

MALARD, Letícia. *No vasto mundo de Drummond*. Belo Horizonte: Editora UFMG, 2005.

MARIA, Luzia de. *Drummond*: um olhar amoroso. Rio de Janeiro: Léo Christiano Editorial, 1998.

MARQUES, Ivan. *Cenas de um modernismo de província*: Drummond e outros rapazes de Belo Horizonte. São Paulo: 34, 2011.

MARTINS, Hélcio. *A rima na poesia de Carlos Drummond de Andrade*. Introdução de Antonio Houaiss. Rio de Janeiro: José Olympio, 1968.

MARTINS, Maria Lúcia Milléo. *Duas artes*: Carlos Drummond de Andrade e Elizabeth Bishop. Belo Horizonte: Editora UFMG, 2006.

MELO, Tarso de; STERZI, Eduardo. *7 X 2 (Drummond em retrato)*. Santo André: Alpharrabio, 2002.

MERQUIOR, José Guilherme. *Verso universo em Drummond*. Tradução de Marly de Oliveira. Rio de Janeiro: José Olympio, 1975.

MICELI, Sergio. Lira mensageira: Drummond e o grupo modernista mineiro. São Paulo: Todavia, 2022.

MONTEIRO, Salvador; KAZ, Leonel (orgs.). *Drummond frente e verso*: fotobiografia de Carlos Drummond de Andrade. Rio de Janeiro: Alumbramento; Livroarte, 1989.

MORAES, Emanuel de. *Drummond rima Itabira mundo*. Rio de Janeiro: José Olympio, 1972.

MORAES, Lygia Marina. *Conheça o escritor brasileiro Carlos Drummond de Andrade*. Rio de Janeiro: Record, 1977.

MORAES NETO, Geneton. *O dossiê Drummond*. São Paulo: Globo, 1994.

MOTTA, Dilman Augusto. *A metalinguagem na poesia de Carlos Drummond de Andrade*. Rio de Janeiro: Presença, 1976.

NOGUEIRA, Lucila. *Ideologia e forma literária em Carlos Drummond de Andrade*. Recife: Fundarpe, 1990.

PY, Fernando. *Bibliografia comentada de Carlos Drummond de Andrade (1918-1930)*. Rio de Janeiro: José Olympio; Brasília: Instituto Nacional do Livro, 1980.

ROSA, Sérgio Ribeiro. *Pedra engastada no tempo*: ao cinquentenário do poema de Carlos Drummond de Andrade. Porto Alegre: Cultura Contemporânea, 1978.

SAID, Roberto. *A angústia da ação*: poesia e política em Drummond. Curitiba: Editora UFPR; Belo Horizonte: Editora UFMG, 2005.

SANT'ANNA, Affonso Romano de. *Drummond, o gauche no tempo*. Rio de Janeiro: Lia Editor; Instituto Nacional do Livro, 1972.

SANTIAGO, Silviano. *Carlos Drummond de Andrade*. Petrópolis: Vozes, 1976.

SANTOS, Vivaldo Andrade dos. *O trem do corpo*: estudo da poesia de Carlos Drummond de Andrade. São Paulo: Nankin, 2006.

SCHÜLER, Donaldo. *A dramaticidade na poesia de Drummond*. Porto Alegre: URGS, 1979.

SILVA, Sidimar. *A poeticidade na crônica de Drummond*. Goiânia: Kelps, 2007.

SIMON, Iumna Maria. *Drummond*: uma poética do risco. São Paulo: Ática, 1978.

SÜSSEKIND, Flora. *Cabral – Bandeira – Drummond*: alguma correspondência. Rio de Janeiro: Fundação Casa de Rui Barbosa, 1996.

SZKLO, Gilda Salem. *As flores do mal nos jardins de Itabira*: Baudelaire e Drummond. Rio de Janeiro: Agir, 1995.

TALARICO, Fernando Braga Franco. *História e poesia em Drummond*: A rosa do povo. Bauru: EDUSC, 2011.

TEIXEIRA, Jerônimo. *Drummond*. São Paulo: Abril, 2003.

_____. *Drummond cordial*. São Paulo: Nankin, 2005.

TELES, Gilberto Mendonça. *Drummond*: a estilística da repetição. Prefácio de Othon Moacyr Garcia. Rio de Janeiro: José Olympio, 1970.

VASCONCELLOS, Eliane. *O Arquivo-Museu de Literatura Brasileira*: um sonho drummondiano. Rio de Janeiro: Fundação Casa de Rui Barbosa, 2002.

VIANA, Carlos Augusto. *Drummond*: a insone arquitetura. Fortaleza: Editora UFC, 2003.

VIEIRA, Regina Souza. *Boitempo*: autobiografia e memória em Carlos Drummond de Andrade. Rio de Janeiro: Presença, 1992.

VILLAÇA, Alcides. *Passos de Drummond*. São Paulo: Cosac Naify, 2006.

WALTY, Ivete Lara Camargos; CURY, Maria Zilda Ferreira (orgs.). *Drummond*: poesia e experiência. Belo Horizonte: Autêntica, 2002.

WISNIK, José Miguel. *Maquinação do mundo*: Drummond e a mineração. São Paulo: Companhia das Letras, 2018.

YUNES, Eliana; BINGEMER, Maria Clara L. (orgs.). *Murilo, Cecília e Drummond*: 100 anos com Deus na poesia brasileira. São Paulo: Loyola, 2004.

ÍNDICE DE PRIMEIROS VERSOS

148 generais à frente de três Divisões, 184

"74, fique de coluna.", 191

A baleira da Rua da Bahia, 271

À beira do córrego, à beira do ouro, 32

A boca aberta para o doce, 158

A caminho do refeitório, admiramos pela vidraça, 166

A casa de dr. Câmara é encantada, 77

A casa de Tatá é um silêncio perto da igreja, 69

A casa não é mais de guarda-mor ou coronel, 211

A empresa Gomes Nogueira, 241

A enxovia, 39

A fábrica de café de João Acaiaba, 100

A grande hora da chegada, 42

A harpa de Rosa Ferraiol, 245

A linguagem, 137

A missa matinal, obrigação, 159

A natureza é imóvel, 146

A praça dos namorados, 284

A professora me ensina, 76

A qualquer hora do dia ou da noite, 230

A servente da escola mora no Campestre, 112

A solteirona e seu pé de begônia, 60

Adeus colégio, adeus vida, 205

Agora sei que existem ninfas, 224

Alvorada de estrelas?, 246

Apareceu não sei como, 167

Aquele morreu amando, 315

Aqui se elevam pedregulhos em cúmulos, 50

Aqui se fazem leis, 33

Aqui se recolhem, 34

Arduíno Bolivar, o teu latim, 136

Arrombado, 214

"As flores orvalhadas, 195

Bailes bailes bailes, 96   .

Baixo, retaco, primitivo, 139

Banheiro de meninos, a Água Santa, 49

Batista Santiago, menestrel, 293

Bicanca, Sapo Inchado, Caveira Elétrica, 168

Bota parafuso no bico do pião, 185

Brilha, 272

Cada manhã, a Liga pela Moralidade, 235

Café coado na hora, 127

Carga, 46

Cette Hélène qui trouble et l'Europe et l'Asie, 138

Chegam os padres de Paris, 196

Chego à sacada e vejo a minha serra, 62

Cidadão, tome nota dos deveres:, 36

Ciprestes e castanheiros, 225

Com anúncios de página inteira, 252

Com mestre Emílio aprendi, 72

Com toda a sua pomada, 74

Como se eu quisesse, 289

Comportei-me mal, 142

Concordo plenamente, 291

De tanto ouvir falar, já decorei, 122

Desde antes de Homero, 162

Do certame literário, 203

Dom Silvério em visita pastoral, 106

Dormir na Floresta, 217

E chega a hora negra de estudar, 131

É redação?, 306

E viva o Governo: deu, 20

Emoção na cidade, 66

Entre Deus, que comanda, 176

— Esta ponte está podre, 118

Este salta com uma cobra, 165

Falam tanto dessa moça. Ninguém viu, 111

Fazer, 308

Fechado o cinema Odeon, na Rua da Bahia, 243

Fica proibido o canivete, 179

Filho do ferro e da fagulha, 21

Fizeram bem os suíços, 200

Flauta e violão na trova da rua, 58

Foi o foxtrote que acordou, 240

Foi Saint-Hilaire, o sábio-amante, 313

Garotas de Cachoeiro civilizam, 250

Há os que assobiam *Meu boi morreu*, 174

Há um estilo, 56

Impossível, casar a moça, 124

ita   bira, 15

Já não soa a sineta, 177

Já não vejo onde se via, 78

Já vou dormir, não vou dormir, 114

Jesus nasce no Pipiripau, 231

Lá vai a procissão da igreja do Rosário, 29

Largou a venda, largou o dinheiro, 113

Lorena, contemplado com malícia, 169

Macedônio botou o dinheiro na mesa, comprou a velha Fazenda, 75

Maestro Azevedo, em hora de inspiração, 170

Mamãe, quero voltar, 155

Marechal Hermes, 85

— Mecê, cumpádi, já porvou, 120

Meu amigo Pedro Nava, 292

Meu primeiro banquete literário, 248

Meu santeiro anarquista na varanda, 73

Mietta Santiago, 277

Mil novecentos e pouco, 68

Minas Gerais está mudando?, 279

Na casa de Chiquito a mesa é farta, 126

Nada acontece, 41

Não alcancei o Clube das Violetas, 232

Não é à toa que Sabino, dos Maiores, 180

Não entendo, não engulo este latim:, 175

Não galope sem razão, 37

Não gostei do *Martírio de São Sebastião*, 173

Nenhum igual àquele, 24

Nesta mínima cidade, 59

No alto da cidade, 63

No ano de 18, 161

No café semideserto, 253

No dia da margarida minha lapela de estudante, 300

No dia infindável, 101

No emblema do amor, 215

Noite azul-baço no dormitório onde três lâmpadas, 186

Nos quatro bancos de cimento, 287

Nosso delegado, 83

Nossos jornais sorriem para a vida, 44

Nunca vou esquecer a palavra ingrediente, 109

O andar é lento porque é lento, 57

O chafariz da Aurora, 47

O chão da sacristia é forrado de campas, 28

O deslizante cisne destas águas, 148

O doido passeia, 88

O fantasma da Serra, 221

O fraque do diretor, 303

O funcionário *smart* da Delegacia do Tesouro Nacional, 229

O imperador Francisco José, dobrado a reveses, 70

O inglês da mina é bom freguês, 90

O jornalzinho oposicionista da Praça da Estação, 256

O maestro Aschermann, violinista, 244

O Meirinho, o Meirão. Um é craque na bola, 140

O morto no sobrado, 216

O noturno mineiro, 266

Ó P. R. M., 269

O país da cor é líquido e revela-se, 45

O pensamento de cigarro, 189

O perfeito negociante vende tudo, 51

O piano de Mário, 172

O poeta Astolfo Franklin, como o invejo:, 71

O portão fica bocejando, aberto, 38

O quadro de formatura, 301

O sino Elias não soa, 25

O sol incandesce, 31

O tapete de areia colorida, 192

O tísico, 121

O vigário decreta a lei do domingo, 87

Olha o dragão na igreja do Rosário, 27

Opereta no caminho do jornal, 304

Os assassinos vêm de longe, 40

Os chocolates em túnica de prata, 81

Os derradeiros carros de praça, 226

Os deste lado brigaram, 92

Os meninos cariocas e paulistas, 194

Os turcos nasceram para vender, 53

— Otávio, Otávio, que negócio é este?, 193

Padre Natuzzi, voz de ouro, 198

Para merecer alto louvor, 178

Passam a vida lenta decifrando, 103

Pelas almas, 123

Popular, a água-flórida, 98

Por força da lei mineira, 282

Por que ruas tão largas?, 145

Precisamos dar um nome, 310

Primeira livraria, Rua da Bahia, 150

Quando a folhinha de Mariana, 65

Que bom ouvir João Luso nesta sala, 247

Que cerros mais altos, 64

Que coisa-bicho, 61

Que fabricas tu?, 17

Que vais fazer no dia de saída?, 144

Que vem fazer este ratão sem rabo, 164

Resumo do Brasil no pátio de areia fina, 153

Rua do Areão, e vou submergindo, 48

Sangue da Irmandade do Santíssimo, 30

Santa Cecília, anterior aos sindicatos, 314

São cinquenta, são duzentas, 273

São Jorge imenso espera o cavalo, 107

Se triste é ir para o colégio distante, 135

Segundo *half-time*, 141

Sentados à soleira tomam sol, 55

Sexta-feira. Sessão Fox, 238

Sou anarquista. Declaro honestamente, 154

Strutt e Mancini, os dois maestros, 171

Suicida-se o noivo de Carmela, 110

Também não alcancei os Jardineiros do Ideal, 233

Tão linda esta cidade, 257

Todo aluno tem direito, 157

Todos nasceram velhos – desconfio, 104

Uma cidade toda paredão, 16

Uma vez por mês, 181

Vadiar, namorar, namorar, vadiar, 295

Vejo *Intolerância* de Griffith, 236

Vejo o conde D'Eu no Grande Hotel, 265

Vejo o rei passar na Avenida Afonso Pena, 259

Vem a americana com seu *fox-terrier*, 91

Vêm da "corte", vêm "de baixo", 22

Vi claramente visto, com estes olhos, 255

Zico Tanajura está um pavão de orgulho, 89

Este livro foi composto na tipografia
Arno Pro, em corpo 11/14, e impresso em
papel off-white no Sistema Digital Instant Duplex
da Divisão Gráfica da Distribuidora Record.